외설

임꺽정

4

마성필 著

원초적 감성을 자극하는
질펀한 이야기 한마당

지성문화사

머리말

조선을 창건한 이성계는 정권찬탈이라는 불명예스러운 오명을 씻기 위해 과감한 제도 개혁과 피비린내나는 숙정을 통해 대의 명분 찾기에 몰두했다.

고려와 차별화된 정치의 표방은 세분화 된 신분 제도를 낳게 되었고, 엄격한 신분의 구분은 계층간의 갈등을 심화시켜 결국은 민초들의 항쟁을 불러일으켰다.

어느 시대를 막론하고 영웅은 난세에 출현하기 마련이다. 백정의 아들로 태어난 임걱정도 어지러운 시대 상황이 배출한 불세출의 영웅이었다.

당시의 시대 상황은 몇 년째 계속된 흉년으로 인해 토관들의 착취와 횡포가 극에 달해 있었다. 자연 민심은 흉흉하였고, 전국 각지에서는 화적의 무리들이 불길처럼 일어났다. 그들은 삼삼오오 떼를 지어 몰려 다니며 강탈과 방화를 일삼았다.

이 소설은 부패한 탐관오리들과 맞서 싸우는 청석골 화적들의 이면에 숨어 있는 주색에 얽힌 얘기들을 그들의 활약상과 더불어 담담하게 그려내었으므로 독자들에게 새로운 재미를 더해 줄 것이다.

저자 씀

차 례

임꺽정

임꺽정

자루 속의 처녀

여인은 배돌이에게 자식의 인도 환생 때문에 귀중한 정조를 바친 것이었다.

그러나 일을 막상 치르고 나자 허무하고 부끄러운 짓이었다는 생각이 들었다. 벌떡 일어난 여인은 배돌이와 언제 그랬냐 싶게 냉정한 말투로 변하였다.

"돌아가야겠어요!"

여인이 문고리를 잡자 배돌이는 아쉬운 생각이 들어 여인의 치마자락을 붙들었다. 용쓸 힘이 생기면 다시 한 번 건드리고 싶은 욕심으로 어떻게든 여인을 붙잡아 두려고 했다.

"조금만 있으면 선생님이 돌아오실 텐데 잠시만 더 기다리시오."

능글거리는 배돌이를 힐끔 쳐다본 여인은 배돌이의 손을 싸늘하게 뿌리쳤다. 그러나 배돌이라는 위인이 여기서 멈출 작자가 아니었다. 더욱 힘을 주어 치마자락을 붙들었다.

　"곧 선생님이 오신다는데도…… 그리고 아들의 얘기도 다 끝나지 않았소."

　다시 힘을 주어 여인을 힘껏 앉혔다. 여인은 아들의 얘기만 나오면 다리에 힘이 풀려 풀썩 주저앉고 말았다. 그러나 여인은 이런 순간이 무척 거북하고 무엇인지 모를 복잡한 마음으로 안절부절 못했다.

　배돌이는 슬금슬금 여인의 여기저기를 훑어보았다. 관계를 하기 전보다 아름다움이 한결 더한 것같이 보였다. 그만큼 배돌이는 자기 욕망을 만족한 때문이기도 했다.

　배돌은 여인을 바라보며 자신의 배밑에 깔려 발버둥쳤던 여인이라는 생각으로 남자 특유의 정복 욕을 새김질하고 있었다.

　검은 머릿카락, 열이 올라 붉어진 두 볼, 게슴츠레한 눈, 몸 전체에서 풍기는 이상한 향내라든지 또 함부로 구겨진 치마며 흩어진 옷매무새…… 흐뭇한 웃음을 감출 수가 없었다.

　배돌은 자신의 육체 밑에서 힘을 쓰던 그녀의 얼굴을 떠올리자 꺾였던 기운이 급작스레 소생하는 듯하였다.

　배돌이는 여인을 나직이 불렀다.

　"여보시오."

　"……"

여인은 대답은 하지 않았지만 또 왜 그러느냐는 표정이었다.

"그 애가 하는 말이 혹시 내가 한눈이라도 팔다가 한 번이나 두 번에는 자신을 잉태치 못할 우려가 있답니다. 만약 어머니가 한두 번에 그냥 돌아가시려고 하거들랑 그 이유를 설명하고 어머니를 여러 번 오시도록 하든지 그것이 가능치 않으면 내친 걸음에 수삼차 어머님과 관계를 하라고 당부를 하지 않겠어요."

표정 하나 바뀌지 않고 심각하게 얘기하는 배돌이의 말에 여인은 찔끔하였다. 또한 자식이 그토록 인도 환생을 하기 위해 만약의 경우까지 생각했다는 것이 불쌍하기 그지없는 노릇이었다.

배돌은 어느새 여인의 심란한 마음을 읽어내고는 음탕한 손길로 여인을 끌어당겼다.

"이러면 안 되는데……"

여인은 끝내 배돌이의 얘기를 저버리지 못했다. 몸을 다시 한번 허락하는데 이번에는 땀을 내거나 힘을 들이지 않았다. 그저 씨근덕대는 배돌이가 하라는 대로 날 잡아 잡수하는 식으로 몸을 열어 놓고 흔들리기만 하였다.

본래 색(色)을 쓰는 법이란 한번에 진미를 알 수가 없는 법이다. 처음에는 숲을 안고 두 번째는 숲 속의 나무들까지 안을 수가 있어 기분이 다른 것이었다.

배돌이도 이번에야 말로 숲 속을 샅샅이 뒤져 견딜 수 없는 기쁨을 즐겼다.

그는 여인의 허벅진 속살을 함부로 주물렀다. 주무르면 주무를수록 여인도 어찌지 못하고 신음을 토해내는 기색이었다.

한껏 기쁨을 맛본 배돌이는 일을 마치고 몸을 떼어내지 않고 다시 새롭게 시작하는 것이었다. 여인이 가버릴 것이 아까웠던 것이었다. 마치 수십 일 동안 굶어 아사하기 직전의 사람처럼 게걸스럽게 여인의 몸을 탐하였다.

"아이 참, 이제 그만……"

여인이 몸을 뒤틀어 빼려하자, 배돌은 여인을 위협하듯 소리를 높였다.

"인도 환생이 그리 쉬운 줄 아오!"

그 말에 여인은 이왕 엎질러진 물이니 아들만을 생각하기로 했다.

"그토록 어려운가요?"

"어렵고말고. 한두 번에 이루어지는 쉬운 일이 아니니까 정성을 다해야 해요."

이 때 종실녀에게서 자고 돌아온 꺽정은 배돌이 방 앞에 여자의 신발이 놓여 있는 것을 발견했다.

꺽정은 이상히 여겨 별생각 없이 문을 열었다.

"……!"

이게 웬일인가! 꺽정의 눈이 둥그래졌다. 배돌이는 이미 여인의 배 위에서 내리긴 했으나, 여인은 앞섶이 풀어 헤쳐진 채 힘이 빠져 쓰러져 누워 있었다.

"웬일이냐?"

꺽정이 헷갈리는 마음으로 묻자, 배돌이는 천연덕스럽게 대답했다.

"아무것도 아니올시다. 여자가 배가 좀 아프다고 해서 배를 문질러 주고 있었을 뿐입니다요."

꺽정의 목소리에 여인이 벌떡 일어나 앉았다. 속옷이 풀어 헤쳐져 있어 젖가슴이 삐죽이 나와 있었다.

여인은 붉어진 얼굴로 차마 얼굴을 들지 못했다. 그러나 이내 자식의 원수를 갚아 줄 은인이라는 생각에 정신을 모으려고 노력했다.

"음……"

꺽정은 그 풍경이 못마땅하게 생각되어 낮은 신음이 흘러 나왔다.

"선생님, 이 여인이 잠깐 뵙자고 합니다."

배돌이의 번들거리는 웃음에 꺽정이 한마디 내질렀다.

"이놈아, 너는 네 앞이나 잘 닦고 남의 일 참견 마라."

배돌은 꺽정의 눈길을 따라 바지춤을 내려다보니, 풀어진 채 시꺼먼 음모가 삐죽이 솟아 나와 있었다.

"죄송합니다."

"음……"

꺽정은 더 이상 아무 말도 하지 않고 제 방으로 들어가 버렸다.

꺽정의 방으로 여인이 들어왔다. 배돌이와의 관계에서 떳떳하다고 생각한 여인은 조금도 꺼리낄 것이 없는 예전의 태도로 돌아와 있었다.

"뭣하러 왔소?"

"제 자식의 원수를 갚아 주세요."

여인은 머리를 조아리며 애절하게 부탁했다.

"원수…… 아직은 내가 정승 판서를 상대로 벌 줄 힘이 없는걸."

"안 됩니다. 꼭 갚아주셔야 해요."

"허어, 그리 할 수 없대도."

"선생님같이 영웅 호걸로 태어나가지고 그만한 원수를 못 갚아 주신단 말씀입니까?"

여인은 지푸라기라도 잡는 심정으로 오히려 꺽정에게 대들 듯 소리쳤다.

"허어, 그것 참……"

여인은 한동안 말이 없더니 핏발 선 눈에서 굵은 눈물이 뚝뚝 떨어졌다. 저렇게 비통해하는 여인이 어떻게 배돌이라는 놈과 대낮에 배를 맞추었는지 이상한 생각이 들었다. 분명히 이유가 있을 것이라고 생각이 들었지만 입을 다물었다.

"원통하게 죽은 놈이 불쌍하지 않습니까?"

"잔소리 그만하래도."

꽥 소리는 질렀지만 무고한 죽음을 당한 아들의 원을 풀기 위해 애걸하는 여인의 처절한 태도가 못내 가슴에 걸렸다.

여인은 밖으로 나와 배돌이에게 하소연했다.

"당신이라도 내 아들 원수를 갚아주오."

"나도 불알이 두 쪽인 놈이오. 그깟 것쯤은 문제 없으니 걱정 마시오."

큰소리를 치는 배돌이를 보고 여인은 못미더웠지만 그래도 고마울 따름이었다.

어느날 저녁 배돌이는 꺽정이 방에 와서 눈물을 흘렸다.
"선생님! 이제 저와 헤어질 때가 된 것 같습니다."
"헤어지다니?"
"얼마 전에 상노 아이의 어미와 맹세를 하였습니다."
"무슨 맹세인고?"
"아이 원수를 반드시 갚아준다고요."
"……"
"가만히 생각해 보니 아이의 원수를 못 갚으면 포졸들에게 붙잡히는 것이 뻔한 일인데…… 저야 고문을 당해도 상관이 없지만…… 만에 하나라도 정신이 빗나가 선생님 이름자라도 대게 되면 큰일이 날 것 같아서요."
"……"
"그러니 선생님은 이 곳에 오래 계시지 마십시오."
"꼭 원수는 갚아야 하느냐?"
"사내가 계집에게 몸까지 얻고 맹세를 저버리면 되겠습니까?"
"그것은 옳은 말이지."
꺽정이가 평생에 배돌이를 칭찬한 것은 이번이 처음이었다. 그만큼 배돌이를 신뢰하지 않았던 것이다.
배돌이는 꺽정의 눈치를 슬쩍 살피다가 가느다란 눈꼬리를 내리깔면서 긴 한숨을 쉬었다.

"선생님이 협조해 주시면 반드시 성공할 텐데……"

"내가……"

꺽정에게서 반응이 있자, 그것을 예상이라도 한 듯 배돌이는 쪽으로 웃음을 흘렸다.

"그래 조 정승 집안의 안팎 길은 다 알고는 있느냐?"

"알고말고요! 그것을 모르고 어떻게 일을 벌이겠습니까!"

배돌이는 자신도 모르게 목소리에 힘이 들어갔다.

"어떻게 생겼더냐?"

"그 집이 남향집입니다. 방이 수백 칸이나 되고 모두 남쪽으로 창문이 되어있습죠. 바로 마당 앞에 사오백 년은 실히 된 큰 느티나무가 있는데, 그것을 이정표 삼아 찾으면 금방 집을 찾을 수 있습니다. 후원에 별당 두 채가 동떨어져 있는데 바로 남쪽에 세워진 것이 조 정승의 막내딸이 있는 곳입니다."

"담은 없느냐?"

"담이 없을 리 있습니까?"

"높이가 어떻게 되던가?"

"대궐 돌담만은 못해도 이만저만 높은 게 아닙니다."

"넌, 어찌 그리 자세히 엿보았느냐?"

"오직 한 가지, 상노 아이에 대한 사랑이 저로 하여금 이토록 세밀하게 조사하게 하였습니다."

"에끼, 예끼놈!"

꺽정이 꾸짖자 배돌이가 빙글거리며 능청을 떨었다.

"죄없는 저를 왜 꾸짖으십니까?"

"이놈아, 아이놈을 겁간했으면 그만이지, 그 어미까지 욕을 보이는 법이 어디 있느냐."

"이왕 보려면 상하로 다 보는 게 좋지 않겠습니까?"

맹랑한 배돌이의 말에 어처구니가 없을 뿐이었다.

"고얀놈 같으니라구! 하여간 내 맘이 내킬 무렵에 함께 가보자."

꺽정의 말에 배돌이는 크게 한시름 놓았다는 얼굴로 뛸 듯이 기뻐했다.

상노 아이의 어미는 포기하지 않고 매일 찾아오다시피 하였다.

배돌이는 꺽정의 눈치만 살피며 여인에게 갖가지 핑계를 대기에 바빴다.

어느 날 꺽정이 조 정승의 집을 찾아 자세히 눈여겨 두고 돌아오는 길에 안구를 만났다.

"포도군관의 옷과 선전관의 표신 하나를 구해줄 수 있겠나?"

"갑자기 그것은 무엇에 쓰시려고 하십니까?"

"나중에 말할 테니 하나 구해주게."

"그건 어렵지 않습니다. 집에 모든 표신이 있습니다. 어사의 위조 마패는 필요치 않습니까?"

"어사까지는 필요 없네."

꺽정은 형옥에게로 가서 저녁을 먹었다. 돌아오는 길에 안구는 꺽정의 말이 궁금하기 짝이 없었다. 곰곰히 생각하다가 무릎을 탁 치며 고개를 끄덕였다.

'그러면 그렇지! 의협심 많으신 분이 상노 아이의 죽

음을 그냥 보고만 있을 리가 없지!'

형옥의 집에서 저녁을 먹은 꺽정은 밥상을 내가는 형옥의 봉긋한 엉덩이를 보고 불끈 힘이 뻗쳤다. 상을 윗목으로 밀쳐 놓은 채 형옥을 끌어안았다.

워낙 기운이 세고 그 위에 사십이 넘어서 색에 대한 치열한 욕망이 싹트기 시작한 꺽정은 형옥에게 남아도는 힘을 쏟아 부었다.

한바탕 일을 치르고 나니 오히려 용맹스런 기운이 더욱 솟구쳐 오르는 것을 느꼈다.

'오늘 저녁은 달도 없는 밤이니 담을 넘기에는 안성마춤이렷다.'

꺽정은 자신의 팔을 베고 있던 형옥의 몸을 살짝 빼내고는 옷을 걸쳤다. 어느 틈엔가 눈을 뜬 형옥이 꺽정의 다리춤을 붙들었다.

"이 밤에 어디를 가시려고요?"

애틋한 눈길로 바라보는 속옷 차림의 형옥이 더할 수 없이 귀엽게만 보였다.

꺽정은 그녀를 끌어안고 입을 맞추었다.

형옥이 꺽정을 처음 만났을 때엔 그다지 따르지 않더니 하루, 이틀 살기 시작하여 한 달이 넘자 '그이 없이는 못살아……' 하는 식이 되었다. 그만큼 꺽정이의 여자 다루는 솜씨가 높아졌을 뿐 아니라 능란해진 것이었다.

그뿐만이 아니라 그의 무서우리만치 기걸스러운 정욕은 이제 눈뜨기 시작한 젊은 여자를 모두 녹이고도 남음이 있었던 것이다.

꺽정은 형옥이뿐이 아니라 간간히 소향이게도 그의 남성을 보여줘야 할 의무를 잊지 않았다.

배돌이는 오늘도 상노 아이의 어미가 찾아와서 애원을 하자, 떡 본김에 제사지내는 꼴로 그녀를 안았다. 언제나 이유는 한 가지였다.

"내 요구가 아니라 댁의 아드님 분부를 들어달라."

여인은 마지못해 또 한번 그의 끓어오르는 욕정을 받아들였다. 한낮에 그 짓을 수차례한 배돌이는 피로에 지쳐 깊은 잠에 빠져 있었다.

"빨리 일어나라!"

우렁우렁한 소리에 어렴풋이 눈을 뜨자 꺽정이 무엇인가를 불쑥 던져 주었다.

"이게 뭡니까? 포교 복장 아닙니까."

눈이 휘둥그래진 배돌이가 멍하니 꺽정을 바라보자 꺽정은 짧게 한마디 던지고는 마당을 나섰다.

"입고 나오너라!"

이날 밤 한양 장안에는 달은 없고 별빛만 새초롬히 군데군데 박혀 있었다.

한참을 걷자 어두운 밤하늘에 늘씬하게 솟아오른 느티나무가 보였다. 바로 조 정승의 집 앞이었다.

둘은 발 소리를 죽여 살금살금 걸어서 후원 별당채의 담밑에 다다랐다.

"넌 넘어올 것 없다. 여기서 기다리다가 계집년 대가리나 받아라."

꺽정은 계획을 미리 세워 놓은 듯 한치의 주저함도 없

이 빠르게 움직여 나갔다.

배돌이가 갖고 온 칼을 빼어 고의춤에 찔러 넣었다. 그리고는 한 손을 돌담 벽에 짚더니 끙 하는 소리와 함께 순식간에 담을 뛰어넘었다.

배돌이는 뛰는 폼이 하도 신기하여 헉! 소리를 질렀다. 한번 담위로 솟아오른 꺽정이 담밑으로 뛰어내리는데 쿵 하는 소리는커녕 낙엽 밟는 소리 정도가 사뿐하게 들릴 뿐이었다.

그만큼 꺽정은 힘과 호흡을 날아가는 새처럼 천성적으로 조절할 줄 알았다.

별당채의 땅을 밟은 꺽정은 주위를 휘휘 둘러보았다. 사방은 고요했다. 갸날픈 여자의 목소리가 책을 읽고 있었다.

그는 별당의 방문 앞까지 숨을 죽여 걸었다. 분명히 글 읽는 소리는 처녀의 목소리가 분명했다.

'음성이 저렇게 아름다우면 그 모습은 얼마나 예쁠까?'

꺽정이 잠시 딴 생각을 하고 있는 사이에 안에서 글소리가 끊기더니 할멈을 부르는 소리가 났다.

"할멈……"

"왜 그러우?"

"밖에서 뭐가 움직이는 소리가 났어."

꺽정은 더욱 숨을 죽이고 방안의 동정을 살폈다.

"대감께서 떡 생각이 나서 거동하신 게지요."

"아니야, 분명히 낯선 소리였는데……"

"밤잠을 못 주무시고 날마다 상심하시니까 그렇지요.

어서 불 끄고 주무세요."

"불을 끄면 더 무서우라고……"

어린아이같이 보채는 처녀의 콧소리가 꺽정의 가슴을 간지럽혔다.

"그만 주무세요."

할멈의 소리에 색시가 책을 덮는 소리가 났다.

꺽정은 마루 위로 올라가면서 가슴 한구석에 이상한 호기심이 생겼다.

'도대체 한양 양가집 처녀들은 어떤 잠자리를 할까?' 하는 궁금증이 생기자 당장에 '어디 한번 보자'는 대담한 생각으로 변했다.

꺽정은 문에다 침을 발랐다. 조그만 구멍이 창틈에 생기자 그 곳에 눈을 바짝 갖다대었다.

'아아, 과연 곱구나……'

이내 감탄이 쏟아졌다.

꺽정은 갸날픈 처녀의 모습을 보자 손아귀에 힘이 쏙 빠지는 것을 느꼈다.

'아무래도 내 손으로는 죽이지 못하겠는걸. 어쩌면 좋단 말인가?'

처녀를 어떻게 처리할까 생각하고 있을 때, 방안에서는 할멈이 색시의 옷 벗는 시중을 들고 있었다.

하나, 둘 색시의 고운 옷이 벗겨져 나갔다. 잠자리 날개같은 나풀나풀한 속옷만이 남았다. 꺽정은 거친 호흡을 참느라 이를 물었다.

꺽정은 좀전에 형옥의 몸을 실컷 주무르고 왔건만, 어

디에서 치솟는 힘인지 불끈거리는 색정이 가슴 속에서 또다시 소용돌이치기 시작했다.

아무것도 모르는 처녀는 마지막 옷을 벗고 비단 이불 위에 누웠다.

그것을 본 꺽정의 목구멍에서 침이 꿀꺽 넘어갔다.

'도저히 죽이지는 못하겠고 내 여자로 만들어 버릴까?' 하는 엉뚱한 생각도 들었다.

"으흠…… 으흠……"

꺽정이 크게 헛기침을 두어 번 했다. 그러자 방안에서 깜짝 놀란 처녀가 벌떡 일어나는 소리가 들렸다.

"할멈! 할멈!"

처녀는 옆방으로 간 할멈을 연거푸 불러댔다.

꺽정은 아랑곳하지 않고 방문을 지그시 잡아당겼다. 그러자 빠지직! 하는 소리와 함께 안으로 걸어 잠근 문고리가 송두리째 뽑혀 나갔다.

꺽정은 방안으로 성큼 발을 들여놓고는 우선 이불자락으로 말을 잃은 처녀를 냉큼 둘러쌌다.

처녀는 기절했는지 목멘 소리를 두어 번 하다가 이내 조용해졌다. 워낙 크게 겁을 집어 먹었기 때문이었다.

꺽정은 만약을 위해 이불솜을 뜯어내어 처녀의 입에 재갈을 물렸다.

그 때서야 옆방의 할멈이 잠을 털어내며 엉금엉금 방안으로 들어왔다. 꺽정을 보고 놀란 할멈이 소리를 지른다고 입을 벌렸으나 아무런 소리가 나오지 않았다. 금붕어처럼 입만 뻐끔거릴 뿐이었다.

꺽정이 할멈의 복부를 가볍게 내지르자 그대로 주저앉아 정신을 잃었다. 꺽정은 처녀의 가슴에 손을 넣어 젖가슴을 한번 주물러보고 의미있는 웃음을 지었다.

처녀를 옆구리에 낀 꺽정이 밖으로 나왔다. 시원한 밤바람이 몰려들어 가슴을 서늘케 했다. 솟아오르던 욕정이 천천히 식는 듯했다.

꺽정이 처녀를 낀 채 담을 넘자, 이번에는 색시의 무게 때문에 쿵! 하는 소리가 울렸다. 동시에 조 정승의 집에서 키우는 개 한 마리가 요란한 소리로 짖기 시작하였다.

"선생님 빨리 뜁시다!"

"이놈아, 뭐가 쳐들어오기라도 하느냐? 방정떨지 말고 이거나 받아라!"

처녀를 배돌이 등에 업혔다.

"대가리뿐인 줄 알았더니, 계집의 몸뚱이 전부를 가지고 오셨습니다그려."

"죽일 생각이 없어졌다."

"선생님께서 딴 생각이 나신 모양이십니다. 헤헤헤……"

수표다리를 끼고 한참 걷노라니 맞은 편 어둠 속에서 사람들이 지껄이는 소리가 들렸다.

"저게 뭔가?"

가까이 다가서니 의심에 찬 사람의 말 소리가 분명히 들렸다.

꺽정은 빠르게 품 속에서 선전관의 표신을 꺼내었다.

다가오는 무리는 포교였다. 네 명의 포교가 순찰을 돌고 있었다.

"누구요?"

포교의 말소리에는 제법 힘이 들어 있어 위협적으로 들렸다.

"선전관이오!"

꺽정이 점잖게 표신을 내어 확인을 시키자 그들은 무어라 쑤군거렸다.

"저것은 무엇이오?"

포교는 배돌이가 걸머진 것을 가리키며 물었다.

"길이 무척이나 바쁜데 칙명을 받들고 가는 사람을 이렇게 붙들어 놓을 셈이냐? 너희들은 알 바 아니다."

포교들은 꺽정의 위엄에 눌려 막았던 길을 비켰다.

"그저 한번 물어 보았을 뿐입니다."

꺽정은 이 때다 싶어 배돌이에게 명령조로 소리쳤다.

"늦어서 목이 잘리고 싶으냐? 어서 가자!"

그러나 백 걸음도 걷지 못하고, 자신들의 뒤를 따라오는 포졸들의 수가 부쩍 늘어난 것을 눈치챘다.

"배돌이는 빨리 뛰어라!"

말이 떨어지기가 무섭게 배돌이는 도망치기 시작했다. 그것을 본 포교 여덟 명이 꺽정을 에워쌌다.

우지끈! 뚝딱! 일시에 포교들이 육모 방망이와 단검을 휘두르며 달려들었다.

"허허허."

꺽정은 우선 너털 웃음을 터뜨리고 먼저 달려든 두 놈

을 한 놈씩 상투를 틀어쥐었다. 다시 달려드는 다른 포교들을 상투잡이한 포교로 후려치자 여기저기서 아이쿠! 하는 비명 소리와 함께 나가 떨어졌다.

손아귀에 잡힌 포교 두 놈을 끌고 다리 아래로 힘껏 던졌다. 포교들은 풍덩 소리와 함께 큰 물살을 튀기며 허우적거렸다. 나머지 포교들은 차마 꺽정을 향해 달려들 수가 없었다.

"어느 놈이든 또 한번 뒤를 밟으면 물귀신을 만들고 말테다!"

서릿발같은 으름장을 놓고는 동소문 안으로 천천히 걸음을 옮겼다. 물론 뒤를 쫓아오는 포교가 있을 리는 없었다.

집에 다다랐을 때는 첫닭 우는 소리만이 고요함을 흔들 뿐이었다.

방안에 쓰러져 있는 처녀의 몸을 보고는 배돌이가 소리쳤다.

"선생님, 큰일났습니다."

"무엇이 큰일이란 말이냐?"

"아주 죽었습니다그려."

"마침 잘됐구나."

꺽정이 아무 일 아니라는 듯 능청을 떨었다.

"선생님이 섭섭하시겠네요."

이에 질세라 배돌이도 천연덕스럽게 받아쳤다.

"이놈아, 미친 소리 마라!"

배돌이는 간사한 웃음을 한번 짓고는 처녀의 가슴에

불쑥 손을 집어넣었다. 여들여들한 젖꼭지가 배돌이의 손에 뭉클 잡혔다.

그는 눈을 게슴츠레하게 뜨고 무엇을 가늠하는 시늉으로 눈을 깜박거렸다.

"선생님."

"또 뭐냐?"

"됐습니다요. 아직 살아 있습니다."

"어떻게 알아?"

"가슴이 미지근한 게 손맛이 살아나는데요."

"저런 흉칙한 놈 봤나."

"아, 죽었는지 살았는지 확인은 해 봐야 할 게 아닙니까."

능글스런 웃음까지 띠어가며 흥분을 하는 배돌이였다.

"그야 그렇지만…… 그렇다고 이놈아, 죽었건 살았건 간에 처녀의 젖가슴을 함부로 만져도 된다더냐."

"아닌게 아니라 젖통이 뭉클하는 바람에 제 가슴이 철렁했습니다요."

"저런 몹쓸 놈을 봤나!"

"선생님……"

은근한 목소리로 금세 변한 배돌이는 동정을 바라는 말투였다.

"혹시 살아나기만 하면 이 계집을 선심 쓰시는 마음으로 제게 주십시오."

"이 녀석아, 양반집 고귀한 따님이 너같은 놈에게 몸을 허락한다더냐?"

"강제로 건드리면 지가 별수 있나요?"

배돌은 느물느물한 표정으로 침을 삼켰다. 처녀의 몸을 더듬 듯 노려보면서 말을 이었다.

"선생님이 한양 가서 좋은 계집이 있으면 얻어 준다고 하셨잖습니까. 이 기회에 요 계집을 소인에게 선물하시면 평생 그 은혜 잊지 않겠습니다요."

"이놈아, 그 동안 상노 아이에, 그 아이의 어미까지 실컷 데리고 놀았으면서 무슨 입이 있다고 또 욕심을 내는 거냐."

"선생님도 정말 야속하십니다."

울상을 지으면서 간사스런 동정을 바라는 배돌이를 무시하고 처녀를 내려다보았다.

꺽정은 은근히 걱정이 되었다.

"잔말 말고 사람이나 살리고 보자. 빨리 따뜻한 물이나 데워 오너라."

배돌이가 물을 구하러 나가자, 꺽정은 걱정 반 호기심 반으로 처녀의 가슴에 손을 넣어 보았다.

따스한 촉감이 밀물처럼 가슴을 적셔 왔다. 손끝에 전해지는 젖가슴의 탱탱한 곡선이 사십 넘은 사내의 모든 감각을 일시에 깨우는 것 같았다. 너무도 보드랍고 탄력 있는 살결이었다. 몸매 또한 매력이 흘러 넘쳤다.

이미 꺽정은 살의(殺意)는커녕 오히려 귀엽고, 사랑스러운 감정이 가슴 한복판을 휘감아 돌았다.

처녀는 벌써 시집 갈 나이가 지났지만 남자를 한 번도 경험하지 못한 이유로 여전히 솜털이 보송한 처녀로 남아 있었다.

배돌이가 물을 가지고 들어왔다. 껵정은 처녀에게 물을 한 모금 먹이고는 사향소합환을 갈아서 여자의 도톰한 입술을 벌리고 흘려 넣었다.

잠시 후, 처녀가 긴 한숨을 내쉬더니 눈을 말갛게 떴다. 이를 본 배돌이가 입술을 이죽이며 말했다.

"됐습니다. 저에게 주십시오. 요절을 내버리겠습니다."

"요절을 어떻게 낼 것인고?"

"애초에 약속대로 단칼에 쓰윽……"

자신의 차지가 안 될 것을 안 배돌이는 공연한 투정을 부리 듯 목을 베는 시늉을 하며 껵정을 은근히 약올렸다.

"허튼 수작 작작하고 나가서 자빠져 자거라!"

"히히히…… 저는 오늘 밤 기껏 사모님 한 분 모셔다 드린 꼴이네요."

"명대로 살고 싶으면 입 닥치고 물러 가거라!"

"히히히……"

배돌이는 뒤통수를 긁적이며 의미있는 웃음을 그치지 않고 밖으로 물러 나갔다.

껵정은 처녀를 아랫목 요 위에 반듯이 뉘였다. 크게 놀랐다가 가라앉은 창백한 얼굴이 핼쑥해 보였지만 껵정의 눈에는 한층 아름다웠다.

오똑한 콧날은 한양 조씨의 양반됨을 표시하는 것 같았고, 사심없이 맑은 눈은 귀한 집의 뼈대를 말하는 것 같았다. 또한 검은 머리카락은 정숙한 여인의 성격을 증명하는 것 같았다.

'이만하면 대장부의 처첩감으로 충분하다.'

꺽정은 내심 만족해하며 옷을 벗기 시작했다. 바지 저고리도 벗으려는 찰라, 처녀는 놀란 토끼눈이 되어 밖을 향해 쏜살같이 뛰쳐나갔다.

그러나 문지방을 채 넘지 못하고 꺽정의 손에 달랑 잡히고 말았다. 처녀는 소리를 지르려고 입술을 옴씰거렸지만 이미 꺽정의 두툼한 입술에 덮힌 뒤였다.

꺽정은 처녀를 우람한 품에 품고는 이불을 덮어 씌웠다. 아직 부끄러움을 탈 나이의 여자였다.

여자는 손발을 바둥거렸으나 그것은 혼자만의 생각이었다. 워낙 힘이 센 꺽정의 품 속에 꼼짝 못 하고 안긴 처녀는 큰 바위가 배 위에 얹혀져 있는 것 같았다.

바깥에서는 부엉이의 울음 소리가 처녀의 신세를 위로하듯 구슬피 울었다.

꺽정은 품에 안겨 있는 처녀를 겁간하기 시작했다. 초저녁에 형옥이와 질편한 관계를 맺었었지만 지금은 또 색다른 기분에 취해 정신이 아찔해질 지경이었다.

꺽정은 끝내 희옥의 첫남자가 되고 말았다. 희옥은 꺽정의 거침없는 몸놀림에 어쩌지도 못하고 속으로 이를 바득바득 갈았다. 그러나 그것은 아무런 도움도 되지 못했다.

독수리에게 채인 병아리 모양으로 눈뜨고 몸을 내맡길 수밖에 없었다. 아무런 생각도 나지 않았다. 그저 두렵고 화만 치밀 뿐이었다. 그토록 소중하게 간직했던 몸을 얼굴 한번 본 적 없는 불한당에게 빼앗겼다는 생각이 들자 입술이 절로 깨물어졌다.

꺽정은 박동하는 순간마다 고통과 치욕에 몸을 떨었다. 희옥은 자존심이 발동하여 썩은 나무토막처럼 아무런 반응도 하지 않으려고 이를 악물었다.

그러나 어디 꺽정의 것이 보통 사람의 것인가! 희옥은 상상을 넘는 고통에 저절로 소리를 지를 수밖에 없었다.

옆방에 누워있던 배돌은 여자의 비명 소리가 들리자 자신의 물건을 쥐고 흔들어 댔다. 그것은 꺽정이의 헌걸찬 작업을 함께 즐기고 싶은 부질없는 바램이었다.

꺽정은 배밑에서 얼굴을 일그러뜨리고 고통스러워하는 여자의 몸부림을 무시하고 자신의 욕망만 채울 뿐이었다.

'양반집 딸의 몸이 이렇게 좋을 줄이야!'

꺽정은 그간 여러 여자를 상대해 보았으나 희옥의 몸은 또다른 기분을 가져다 주었다. 육체의 포로가 된 꺽정의 모든 신경은 희옥에게 쏟아졌다.

지옥 같았던 오랜 시간이 흐르고 난 뒤 희옥은 긴 한숨을 내 쉬었다. 팔자가 아무리 드세다지만 도대체 이게 무슨 꼴인가! 하는 생각에 눈물이 절로 나왔다. 그러나 이제는 아무런 도리가 없다고 생각하니 끝없이 흐르는 눈물을 주체할 수가 없었다. 잠은 오지 않고 정신만 갈수록 맑아졌다.

희옥은 문득 코를 골면서 잠에 빠져 있는 꺽정의 얼굴을 뚫어지게 바라보았다.

'이 사람이 도대체 나에게 무엇이란 말인가?'

알 수 없는 자신의 운명이 한때는 무서웠지만 이제 더 이상 망가질 운명도 없었다.

'버린 몸이 죽지도 못하고……'

이를 깨물고 일어나려 애를 써보았지만 밑이 너무 아파서 꼼짝 할 수가 없었다. 꿈틀거릴수록 통증만 더 심할 뿐이었다.

이제 버린 몸으로 일어서서 나간다고 해도 차마 갈 곳이 없었다. 집으로 돌아가 부모님의 얼굴을 본다는 것은 너무도 죄송하여 끔찍하게 생각이 되었다.

이 나이가 될 때까지 부모님께 걱정만 끼쳐 드렸는데 몸까지 망친 지금에 와서 다시 혹을 붙여 드린다는 것은 상상하기도 싫었다. 그렇다고 이런 날불한당의 소굴에 있자니 그것도 못할 짓이었다.

희옥은 이런저런 생각으로 쉽게 결정을 내리지 못하였다. 그 때 돌아눕느라 몸을 뒤척이던 꺽정이 눈을 떴다.

"어, 물 좀……"

몹시 목이 컬컬했던 꺽정이 일어나 앉았다.

무심코 고개를 돌리던 꺽정의 눈에 벌거벗은 처녀가 동그란 눈을 뜨고 부끄러운 듯 젖가슴을 가리고 있었다. 호색가인 꺽정이 그냥 놔둘 리가 없었다. 처녀가 몸을 꼬았지만 꺽정에게 그것은 오히려 교태로 보이는 행동이었다.

꺽정은 큰 눈을 슴벅거리며 처녀의 몸 위에서 마지막 힘까지 쏟아부었다.

처녀는 산도적같은 사내에게 하룻밤에 두 번씩이나 당하고 만 것이 못내 서러워 마디마디에 슬픔을 주체할 수가 없었다.

하룻밤이었지만 전에 없는 열정으로 일을 치른 꺽정은 피곤한 눈을 비비며 아침을 맞았다.

안구가 아침 문안을 여쭈러 왔다.

"선생님은 또 장가를 드셨습니다그려."

"하룻밤 데리고 자기는 했네마는 아무래도 나하고 살 것 같지 않네."

"왜요?"

"양반 따님 아닌가?"

"아무리 양반집 따님이라도 한번 몸을 망친 이상 딴 곳으로야 가겠습니까?"

"배돌이 녀석에게 줄까 생각하고 있네."

"그것은 안 될 말씀입니다."

안구는 딱부러지게 잘라 말했다.

"그건 왜?"

"양반의 딸이 이 사람 저 사람에게 몸을 허락할 것 같습니까? 게다가 배돌이같은 녀석에게…… 공연히 죽느니 사느니하면 큰일납니다."

"하여간 두고 보아야겠네. 조용한 곳이 어디 없겠나?"

"제 집에 데려다 두면 감쪽같지요."

"좋은 생각이군."

"선생님은 욕심도 많으시고 계집복도 좋으십니다."

"예끼, 이 사람아!"

"하기사 옛날에는 삼천궁녀도 데리고 살았는데 두서넛을 많다고 할 수는 없지요."

"그나저나 처녀가 저리 누워서 아무것도 먹지를 않는다니 걱정이구만."

"분이 가라앉고 진정을 하려면 여러 날이 걸릴 것 같습니다요. 길을 들여서 다루실 걸 그랬습니다."

"허 참……"

기구한 팔자

이튿날 상노 아이의 어미가 찾아오자 배돌이는 거품을 물고 자랑을 했다.

"모가지를 끊어 올려고 했는데 하도 처참하게 칼질을 해놔서 그냥 오고 말았지."

"정말이오?"

"아마 원한은 시원하게 풀렸을 거요."

"고맙습니다! 죄없는 목숨을 죽인 댓가가 어떤지 똑똑히 알아야지요."

여인은 눈물까지 글썽이며 시원해했다. 하늘을 보고 무엇인가 중얼거리던 여인은 갑자기 돌아서서 나가며 한마디 던졌다.

"그 집 부모들의 애간장 끊어지는 얼굴을 내 눈으로

직접 보고 와야겠소."

뒤도 돌아보지 않고 횡하니 나가 버렸다. 방바닥에서 뒹굴 새도 없이 나가는 여인의 뒷모습을 보고 배돌이는 입맛을 쩍쩍 다셨다.

처녀의 집에서는 그 이튿날 한낮이 되어서야 할멈은 죽고, 처녀는 감쪽같이 보쌈당한 것을 알았다. 집안이 발칵 뒤집혔다.

조 정승의 부인은 땅을 치며 애끊는 울음을 터뜨렸다. 그러나 조 정승은 더없이 냉정한 모습으로 정리를 하기 시작했다. 부인을 윽박지르듯이 달래어 무섭게 타일렀다.

"할멈과 딸이 중병에 걸려 즉사하였다고만 하고 일체 입을 다무시오."

조 정승은 더 이상 시끄럽지 않게 장례식을 빨리 치르기로 마음먹었다. 먼저 딸의 시체가 없으니 송장 대신 큰 나무토막에 수의를 입혀 염을 하고 관 속에 넣었다.

소문이 새어나갈 것이 두려워 모든 형식은 갖추되 속성으로 일을 치렀다. 딸의 가짜 장례가 들통날 것이 두려워 할멈의 장례 또한 그 신분에 맞게 섭하지 않도록 신경을 썼다.

이는 생목숨을 보쌈해 와 죽인 일이나 자신의 딸 또한 보쌈을 당해 몸을 더럽힐 일들로 시끄러워질 것이 두려웠기 때문이었다.

조 정승은 벼슬과 가문의 체면이 땅에 떨어진다는 것은 상상할 수 없는 일이었다. 이렇게 하여 갑작스럽게 생긴 풍파를 체면 손상 없이 감출 수 있었다.

상노 아이의 어미는 조 정승의 집 근처에서 하루 해를 거의 다 보내고 나서야 돌아왔다.

배돌은 여인의 표정이 밝은 것을 보고 일이 잘 풀렸다는 것을 직감했다.

"내 말이 딱 맞지요?"

"분명히 급살한 모양이었어요! 집 부근엘 갔더니 죽은 할멈의 장사를 지내는 판입디다. 처녀는 벌써 어제 묻었다는구만요."

상노 어미는 자기 혼자 신이 나서 떠들어댔다. 기분이 좋아 흥분한 여인을 놓칠 리 없는 배돌이였다.

"그럼 나에게 흥겨운 품앗이를 해줘야겠소."

"무얼로 품앗이를 해드리나?"

기분이 좋은 여인은 흰자위를 이리저리 굴리며 전에 없던 여성스런 애교를 떨었다.

배돌은 여인의 응낙을 받을 필요도 없이 손을 불쑥 치마 속으로 거칠게 집어넣었다.

"어마마……"

손목을 힘있게 휘젓자 여인도 싫지는 않은 듯 요 위에 비스듬히 누워 편하게 다리를 벌려주었다.

"관계를 많이 가질수록 아들놈의 골격도 튼튼해지는 법이오."

"호호호……"

여인은 배돌이의 농담에 웃음까지 웃어주며 그의 허리를 아프도록 끌어 안았다.

배돌이도 속으로는 여인의 변한 모습에 놀라는 눈치였

다. 씩씩거리며 밀고 당기던 두사람의 얼굴은 땀에 흠뻑 젖어 번들거렸다.

여인은 젖무덤에 코를 박고 있는 배돌이에게 자신이 큰 은혜라도 베풀고 있다는 듯이 한마디 던졌다.

"이만큼 품앗이를 했으면 이젠 다한 것이오."

"아직 멀었어!"

여인의 고고한 말투에 배돌이가 볼멘 소리로 퉁명스럽게 받아쳤다.

"멀긴 뭐가 멀었다는 말이오?"

몸을 빼내기라도 하려는 듯 둥근 엉덩이를 좌우로 흔들었다. 배돌이는 더욱 안달이 나서 소리쳤다.

"원수 갚아주기가 쉬운 줄 알아."

"그러기에 지금까지 아무 소리 않고 이런 꿀맛을 보여……"

여인의 말이 채 끝나기도 전에 배돌이가 계집의 엉덩이를 철썩 때렸다.

"재미야 나 혼자만 보았나? 임자도 마찬가지지 뭐야."

여인은 쑥스러운 웃음을 픽 터뜨렸다.

처녀는 안구의 첩 집에 파묻혀 누워 있었다. 순결한 몸을 망친 처녀는 아무것도 먹지 않고 눈만 말똥말똥 깜박였다. 모든 것이 귀찮고 허무했다.

"그런 소도둑같은 놈한테……"

자신도 모르게 욕을 중얼거렸다. 아무리 생각해도 억울하고 또 억울했다. 게다가 부모님의 얼굴에 똥칠을 했다고 생각하니 더욱 미칠 지경이었다.

이대로 죽어버려야겠다는 생각도 들고, 막상 산 목숨을 끊으려고 하니 어디부터 시작해야 하는지도 막막했다.

그렇지만 이틀이 멀다 하고 찾아와 자신의 몸을 마구 주무르는 사내의 굴욕을 참기도 어려웠다.

사흘을 굶은 처녀는 거의 죽을 상이 다 되었다. 안구의 첩이 보다 못해 그녀를 위로했다.

"이렇게 젊고 싱싱한 몸으로 죽는다는 게 억울하지도 않아요?"

"……"

미동도 하지 않는 처녀의 싸늘한 태도에 소름이 쫙 끼쳤다.

"아무리 죽고 싶더라도 부모가 있는 집이 지척에 있는데 얼굴이라도 한번 보고 죽는 게 사람의 도리 아니겠어요?"

"……"

"임 선생님은 천하의 영웅호걸 부럽지 않은 큰 인물이죠. 그러한 분과 평생 살을 맞대고 산다는 것이 얼마나 큰 행운인 줄 아세요?"

여자는 오히려 당신이 무척이나 부럽다는 말투였다. 그러나 처녀는 아무 말 없이 천정만 쏘아보았다.

"이 좋은 세상에 꽃같은 나이로 죽으면 자신만 손해지 뭐예요. 마음만 한번 달리 먹으면 세상이 뭐 별건가요. 게다가 임 선생같은 분은 언젠가는 크게 될 날이 있을 거예요."

희옥은 눈을 부릅뜬 채 굵은 눈물 방울을 뚝뚝 떨구었다.

오 일을 계속 굶는 동안 하루도 빠짐없이 안구의 첩이 계속 설득을 했다. 마침내 육 일째 되는 날 야무진 결심을 했는지 죽을 먹기 시작했다. 삼사 일이 더 지난 후에는 스스로 밥을 먹고 기운을 차리려고 노력하였다.

아침이면 거울을 들여다보고 저녁이면 으레 꺽정을 받아들였다. 이제 희옥은 완전히 마누라의 입장이 된 것이었다.

꺽정은 자신에게는 세째 첩이 되지만 다른 부인들 보다 우선 조 정승의 딸에게 온 정성을 기울였다. 가엾기도 했지만 무엇보다 양반집 색시답게 살결이 희고 고운 탓이었다.

여자란 본래 섬세하고 약한 맛에 남자를 유혹하지만 조 정승의 딸은 그 중에서도 손을 꼽을 만했다.

희옥은 시간이 흘러갈수록 꺽정에 대한 닫혀진 마음의 문이 열려져 가는 것을 느꼈다.

우선 칠척 장신의 늠름한 체구에 옳고 그름이 대쪽같은 성격이 사내다왔다. 자칫 단순하고 거친면이 있었지만 그것은 순수한 마음의 다름아님을 깨달았다.

처음에 느꼈던 분노와 고통은 꺽정의 진심에서 우러나오는 자상함에 씻겨져 버린지 오래였다. 이제는 해가 떨어지면 기다려지는 남편이고 그리운 남자였다.

주변 사람들의 칭찬도 있었지만 희옥이 보기에도 꺽정은 아직 때를 만나지 못한 영웅으로 보였다.

희옥도 어려서부터 책을 좋아해서 거기서 나오는 수많은 영웅 호걸들을 마음 속으로 존경하고 사모했었다. 남편이 제 세상을 만나는 날 부모님에게도 떳떳하게 찾아가 정식으로 인사를 드리겠다는 희망을 가졌다.

희옥은 그럴수록 정승집 딸의 예법 그대로 꺽정을 섬겼다. 그뿐만 아니라 잠자리에서도 처음에는 내맡기는 식이었지만 요즘은 육체의 기쁨을 즐길 줄도 알게 되었다.

이제는 남자 셋의 목숨을 바꾸어야 하는 기구한 팔자가 아니었다. 살고자 하는 불같은 의욕을 느끼는 장부의 아내인 것이다.

꺽정은 희옥의 변한 모습이 그렇게 고마울 수가 없었다. 자신을 믿고 따르는 희옥을 보면 무엇인가를 해줘야겠다는 생각을 항상 지니고 있었다. 그러던 중 북성(北城) 밑에 아담한 집 한 채를 사서 희옥을 이사시켰다.

희옥은 양반집 딸 중에서도 막내로 자라 손끝에 물한 방울 대지 않았던 여자였다. 형옥은 비록 종실녀라고는 하였지만 어려서부터 고생을 한 이유로 못하는 일이 없었지만, 희옥은 모든 일에 서툴기 그지없었다. 살림보다는 섬약하고 고와서 안고만 싶은 여자였다.

꺽정은 안구를 시켜 갖가지 살림 도구와 화류장농, 장식용 가구 일체를 희옥의 집에 들여놓게 했다.

제법 큰 양반의 집 안방이 부럽지 않게 꾸며 주자 희옥은 꺽정을 보고 눈시울을 붉혔다. 고약한 불행에 차 있던 운명을 완전히 바꾸어 준 남자에 대한 애절한 고마움이었다.

희옥은 이 모든 게 자신의 운명이라고 생각하고 순리대로 살기로 작정한 지 오래였다.

새로 이사간 희옥의 집 옆에 살고 있는 사람은 소문난 열녀였다. 처음에 이사올 때는 정문까지 받은 열녀라 무척 공경하는 마음이 생겼었다.

그러나 며칠 지나지 않아 열녀의 악쓰는 소리에 귀를 막아야 할 지경이었다. 명색은 열녀였지만 악을 쓰는 폼이 온 동네를 시끄럽게 해 오히려 '혼자사는 과부'라고 표현하는 것이 어울렸다.

어느날 낮에 꺽정이 희옥의 무릎을 베고 한가로이 책 읽어주는 소리를 듣고 있었다. 얼마 지나지 않아 과부의 질그릇 깨지는 소리가 담을 넘어 들려 왔다.

"이년아! 아직 초저녁인데 벌써 서방을 끼고 자빠져 있느냐!"

그 소리가 얼마나 표독스럽고 영악한지 가축들이 놀래 당황할 지경이었다.

"저년이 또 발악을 하는구만."

꺽정이 투덜거렸다.

"저 여자, 보통 무섭지가 않아요."

"무섭기까지야……"

"어떤 날은 홀로 된 시아버지를 들볶아대는데 기가 막혀요."

"어째서 시아버지를 구박한다던가?"

"왜 며느리 자는 방을 밤낮 없이 들여다보느냐구요."

"하하하……"

"왜 웃으세요?"

"홀로 된 시아버지가 과부 며느리 방을 훔쳐보다니, 허허허."

"아마도 시아버지가 며느리를 의심하는 생각이 들어 그렇겠지요."

"시아비가 몇 살인데?"

"십오륙 년 밖에 차이가 나지 않는다고 합디다."

"아주 새파랗구만. 딴 생각이 날 만도 하겠는데?"

꺽정은 무척 재미있다는 표정이었다.

"아무리 그래도 그럴 리가 있겠어요?"

"서로 마음만 맞으면 어울려도 좋겠는걸."

"어머나! 그게 될 법한 소리예요?"

"양반집 딸도 업어다가 마누라로 데리고 사는데……"

"이이가 별소릴 다하시네."

얼굴을 붉히는 희옥이의 가는 허리를 휘어잡자 이내 품 속으로 안겨 들어왔다. 치마 끈을 풀으려 하자 희옥이 꺽정의 손목을 잡았다.

"대낮에 마루에서 이게 무슨 짓이세요."

"대낮이면 어떤가."

"아이…… 안 돼요."

꺽정은 희옥을 가볍게 안고 방안으로 들어갔다. 환한 대낮에 펼쳐진 희옥의 흰 살결이 눈부셨다.

꺽정은 우왁스러운 손으로 희옥의 육체를 샅샅이 탐해

나갔다.

한 시간여가 지나고 희옥이 헝클어진 머리카락을 매만지며 애교스럽게 얘기했다.

"무슨 힘이 그리 마르지도 않고 점점 더하세요."

"낮에 노는 게 재미는 더하구먼."

"재미는 무슨 재미예요."

"임자는 별 재미가 없었나?"

"……"

"그렇지도 않은 모양인데?"

"……"

희옥은 귓볼까지 빨갛게 달아올랐다. 사실 희옥이도 요즘 은근히 꺽정이 요구하기를 바랄 때가 많았다. 사내의 육체를 즐길 줄 알게 된 것이었다.

"그나저나 시끄러워서 큰일이예요."

"저 열녀 과부 때문에?"

희옥이 고개를 크게 끄덕였다.

"그렇다면 독기를 쏙 뽑아 놓아야겠구만."

"어떻게요?"

"숨막히게 하는 법……"

그것이 무슨 방법인지 모르는 희옥이 고개를 갸우뚱거리자 꺽정은 빙그레 웃기만 하였다.

그 이후로도 열녀 과부의 포악한 신경질은 그치지 않았다. ,계집종의 울부짖는 소리가 시끌벅적하더니 이내 독오른 뱀같은 쉿소리가 튀어 나왔다.

"요년…… 요런 죽일 년…… 한번만 더 허락없이 서방

을 끼고 자빠져 있어만 봐라!"

이튿날 아침 우물터에 물 길러 나온 계집종의 몸은 시퍼런 구렁이가 기어간 자리를 하고 있었다. 이를 보다 못한 할멈이 꺽정이와 희옥이에게 계집 종 대신 하소연을 했다.

"도저히 불쌍해서 눈 뜨고 못보겠습디다. 무슨 좋은 방법이 없을까요?"

"씨종은 그렇게 두둘겨 패도 되나?"

"다 그럴라구요……"

"그놈의 씨종을 좋은 데로 빼돌려 줬으면 좋겠군."

꺽정의 말에 겁 많은 희옥이 걱정을 했다.

"공연히 앞뒷집에서 큰 말썽이 나면 어쩌실려구요. 게다가 억센 여자인데……"

"그까짓 게 드세면 얼마나 드세다고……"

꺽정은 이미 씨종을 빼돌릴 것을 마음먹은 뒤였다.

어느 날 중종 대왕이 능행(陵行)이 있어서 동네 사람들이 모두 임금의 행차 구경을 위해 집들을 비웠다. 집 안엔 한 사람 정도가 남아 집을 지켰다.

그 때 열녀 과부의 집에 씨종이 남아 있다가 꺽정의 집으로 헐레벌떡 뛰어왔다.

"어디든지 좋으니 날 좀 살려주세요, 제발."

씨종은 통사정을 했다. 보통 돈 없고 세도 없이 한둘의 종만 거느리는 집안에서는 혹시 종을 잃어버린다고 해도 장예원(掌隸院)에서는 별신경을 쓰지 않았다.

이것을 알고 있는 꺽정은 씨종을 안구의 집으로 빼돌리기로 작정했다. 마침내 할멈을 시켜 안구의 집에 데려다 주자 그 계집종의 입에서 열녀 과부의 정문(旌門)받은 내력이 쏟아져 나왔다.

열녀는 제천이 고향인데 열여덟 살에 충주 김씨 집으로 시집을 갔다. 그 때 신랑의 나이가 열두 살이었다. 색시의 몸은 이미 무르익었을 나이였지만 신랑은 아직 아이의 티를 벗어나지 못했다.

동생같은 신랑과 혼례를 마치고 비단 이불을 앞에 둔 신부는 그래도 첫날밤이라고 설레임을 감출 수 없었다. 그러나 아직 철이 덜 든 신랑에게 새로운 것을 기대하기에는 무리였다.

달뜬 마음을 억지로 내리누르고 안타까운 마음으로 촛불을 껐다. 그래도 두 사람은 부부라고 한 이불 속으로 들어갔다.

신부는 잠은 오지 않고 말똥말똥 눈을 굴리며 한숨을 쉬었다. 그러나 신랑은 아무 기분도 느끼지 못하고 코를 골며 잠에 빠져 버렸다.

"으응……"

아랫배를 붙잡고 신랑이 인상을 찌푸렸다.

"왜 그러세요?"

"똥 마려워."

잔치 음식을 너무 많이 먹은 신랑은 울상을 지었다.

나이 어린 신랑을 맞이한 신부는 때로는 누나가 되어주기도 하고 엄마의 역할도 하지 않을 수 없었다.

"밖으로 나가세요."

"무섭단 말이야."

"그럼, 저하고 같이 나갈까요?"

"으응……"

응석받이같이 고개를 끄덕거리는 신랑을 일으켜 세웠다. 변소에 들어가 신랑의 바지춤을 내려주고는 하늘을 올려다보았다. 캄캄한 밤에 별만 총총히 떠 있었다.

순간, 쉬익! 하는 바람 소리 같은 섬뜩한 소리가 귀를 울렸다.

신부가 엉겁결에 고개를 뒤로 돌리는 순간, 어둠 속에서 무언가 꿈틀하더니 신랑이 불끈 들려 올려지는 것이 아닌가!

어둠 속을 자세히 뚫고 바라보니 그것은 거대한 호랑이였다.

"이놈이, 서방님을!"

정신이 아찔했지만 자신도 모르게 소리가 터져 나왔다. 신부는 악이 받쳐서 신랑을 물고 뛰는 호랑이를 숨 돌릴 틈 없이 뒤쫓았다.

호랑이는 워낙 날쌘·동물이었지만 사람을 입에 물었으니 생각처럼 쉽게 뛰지 못했다.

신부는 산길로 접어들기 전에 호랑이의 꼬리를 붙잡았다. 간덩이가 붓지 않고는 못 할 짓이었지만 눈 뜨고 서방을 빼앗길 수는 없었다.

어느새 호랑이의 등에 올라 앉은 신부는 눈을 질끈 감고 죽기 살기로 등판에 착 달라붙었다.

호랑이도 깜짝 놀래 더욱 세차게 뛰었다. 게다가 먹을 것을 놓치지 않으려고 죽을 힘을 다해 밤새 달리고 또 달렸다.

먼동이 트기 시작했을 때부터 호랑이의 발걸음이 느려지기 시작했다. 마침내 환한 아침이 되자 기진맥진해진 호랑이는 입에 문 먹이를 논두렁 위에 던져 버리고는 비실비실 산 속을 향해 걸어 들어갔다.

신부도 쓰러지듯 신랑 옆에 떨어져 숨이 거의 꺼져가는 신랑을 안고는 그대로 까무라쳐 버렸다.

두 사람 다 의식이 없었다. 동네 사람들이 이 신기한 광경을 목격하고 나이 어린 부부를 의원을 불러 치료케 하여 목숨을 건졌다.

신랑집에서는 첫날밤에 신랑 부부를 잃고 집안이 발칵 뒤집혔다. 사방으로 찾던 중에 홍성땅에서 신랑 신부를 찾아가라는 연락을 받았다.

두 사람을 데려왔지만 신랑은 그로부터 일년 동안 시름시름 앓다가 죽어버렸다. 그로 인해 신부는 한 번도 육체의 관계를 가져보지도 못하고 숫처녀 과부가 되어버린 것이었다.

아직 나이 어린 소녀 과부가 그 무서운 호랑이 아가리에서 신랑을 뺏어왔다는 얘기는 점점 신화처럼 번져 나갔다. 이 사건은 사방 팔방으로 퍼져 나갔다. 믿기지 않은 이야기를 확인하고 희한한 과부도 구경하기 위해 사방에서 사람들이 몰려들었다.

선비들도 이 감동스러운 사실을 확인하고 일제히 입을

모았다.

"이런 열녀에게는 꼭 표창을 하여야 합니다."

이런 애기가 고을의 목사에게 올라갔고, 목사는 감사에게 추천을 하였고, 충청 감사는 조정에 고하였다.

마침내 조정에서 열녀 정문을 내리게 되었던 것이다. 열녀는 이제 특별한 여자가 되어 시집살이를 묵묵히 할 수밖에 없었다.

이 열녀 며느리를 잘 다스리던 시어머니가 죽자, 며느리는 시아버지만을 의지하고 살게 되었다. 그러나 열녀라는 족쇄로 평생 숨통을 조이고 살았던 여자는 세월이 갈수록 점점 더 성질이 험해져만 갔다.

종은 말할 것도 없고 시아버지와 집안 사람들을 들볶아댔다. 동네 사람들이 흉을 보자 과부는 시아버지에게 투정을 부렸다.

"이 갑갑증나는 시골에서 살지 말고 한양에 갑시다."

억센 며느리의 말을 듣지 않을 수 없어 한양에 이사온 지가 사오 년이 된 것이었다.

꺽정은 안구의 집에 데려다 놓은 열녀의 계집종 이야기를 다 듣고 나서 고개를 끄덕였다.

꺽정이 밖으로 나가 발걸음을 옮기려 했을 때 오랜만에 종실녀 형옥이 생각이 났다. 그간 조 정승의 딸 희옥에게 파묻혀 있느라 돌보지 못해 내심 안스러웠다.

형옥의 집 문을 열자 형옥이뿐만 아니라 그의 모친까지 맨발로 나와 꺽정을 반겼다.

꺽정은 자고 갈 마음이 없어서 저녁을 먹고 일어서려

하자 형옥이 앵도라지면서 한마디 했다.

"오랜만에 오셨다가 이럴 수가 있어요."

"바빠서 그런 거지……"

꺽정은 미안한 듯 다시 자리에 주저 앉고는 가만히 형옥의 어깨를 끌어당겼다. 형옥은 어깨를 한번 빼어내고는 벽을 바라보았다.

꺽정은 둥그런 엉덩이가 드러난 뒷모습을 보고 바짝 다가앉았다.

"이 사람아, 화났는가?"

"누가 화를 내요?"

형옥의 볼멘 소리가 귀여운지 은근히 뒤에서 껴안고 젖가슴을 쓰다듬었다. 형옥의 숨이 짧아지자 꺽정은 그대로 몸을 뉘였다.

조 정승 딸과는 또다른 별스러운 몸매를 가진 형옥에게는 그녀만의 독특한 분위기로 취할 수 있었다. 왕족의 여자를 품고 있다는 기분도 한몫을 하는 것은 물론이었다.

꺽정의 품에 안긴 형옥은 캐물었다.

"요새 무슨 일이 생기셨지요?"

"무슨 말인가?"

"나으리 몸이 많이 상하셨어요."

"어디가 상했다는 말인가?"

"억센 기운이 그 전만 못해요."

"무슨 기운이?"

"아이 참……"

"난 모르겠는데……"

"나으리는 여기 힘으로 거목도 뽑아 올리시잖아요."

"아하! 아랫 물건을 말하는 건가?"

"아이…… 큰 힘은 허리에서 나온다잖아요."

"그게 그 힘이지 뭔가, 하하하."

꺽정이 형옥의 가는 허리를 다시 한번 껴안았다.

"이것 보세요. 안으시는 힘도 적어지셨잖아요."

"그런가? 난 부러질까 봐 그렇지."

"어디서 힘을 낭비하셨지요?"

"낭비라니?"

"다른 계집에게 말예요."

"다른 계집이 어디 있나."

"속이지 마세요. 어디에 색시를 두셨지요?"

"……"

"말씀해 보세요."

"……"

꺽정이 아무 말 못하자 털이 숭숭난 가슴을 꼬집었다.

"그것 보세요."

"속시원히 알고 싶다면 다 말해 주지."

꺽정은 하는 수 없이 조 정승의 딸을 업어 온 내력을 모조리 말해 주었다. 그러나 형옥은 별로 놀라는 기색이 없었다.

형옥의 마음은 겉으로는 잔잔한 것 같았지만 속으로는 걷잡을 수 없는 질투가 자신도 모르게 솟아올랐다. 곁에 앉아 있다면 당장에 달려들어 한바탕 해보고 싶은 마음도 있었다.

그러나 남에게 떳떳하게 내놓고 내 남편이요! 또 내 아내요! 하고 내놓을 수 없는 처지였다.

"똑같이 대해 줄 것이니, 걱정은 말게."

그러나 형옥은 걱정이 되었다. 아무리 기운이 하늘을 뒤덮고, 다리의 힘이 천하장사라 할지라도, 벌써 젊은 여자를 두서넛을 상대한다면 정기를 많이 **빼**앗길 것이 분명하였기 때문이었다.

하룻밤에 서로 눈만 맞으면 대여섯 번을 억세게 들이덤벼도 끄덕 안 하던 사람이 한두 번에 기운이 덜한 것을 느끼게 된 것이 영 걱정스러웠다.

새벽녘이 다 되어서 형옥이 속삭였다.

"여보…… 너무 과식하지 마세요."

"과식이라니?"

"아이, 다 아시면서……"

"무얼 과식한다는 거야?"

"색시 생기면 별스러운 맛에 다 과식하게 된다고 어른들이 그러던걸요. 뭐……"

"과식 걱정은 말아. 몸도 마음도 모두 공평하게 해줄 테니까."

"어디 공평해야지요……"

"그럼 부족한가?"

"……"

꺽정이 다시 형옥의 허벅진 속살을 어루만지기 시작했다. 그렇지 않아도 남자의 새벽 힘이 솟을 때였다.

"으흥…… 흐응……"

인생의 또다른 기쁨을 알게 된 젊은 여인의 앓는 듯한 신음 소리였다. 그 소리는 영웅 호걸로도 감당키 어려운 유혹이자 거대한 산이었다.

열녀의 색

꼭두새벽에 다시 희옥에게 돌아온 꺽정은 깊은 잠에 빠져 있었다. 그 때 둔탁한 쇳소리가 고막을 울렸다.

"쿵! 쿵!"

꺽정이 잠을 억지로 털어내고 방문을 열고 나갔다. 마당에서는 과부가 입에 게거품을 물고 시퍼런 쇠도끼를 들고 있었다.

꺽정을 보자 더욱 힘이 난 듯 안방 기둥을 패기 시작했다. 과부의 눈에도 독기가 서려 있었지만 그 힘 또한 워낙 세어서 패진 나무 조각이 툭툭 떨어져 나갔다.

희옥과 할멈은 울상이 되어서 근처에 가지도 못하고 발만 동동 구를 뿐이었다. 과부는 꺽정을 힐끗 쳐다보더니 소리를 고래고래 질러댔다.

"이 연놈들아! 계집종 내놔라."

"계집종을 어디다 삶아 먹었는지 어서 내놓아라!"

그 고함 소리가 하도 커서 온 동네가 왁자지껄했다. 꺽정은 하도 기가 막혔는지 멍청한 눈으로 멀건히 쳐다보기만 하였다.

"이 빌어먹을 연놈들아, 왜 말이 없어!"

멍해 있는 사람들을 보고 더욱 기운을 얻었는지, 과부는 시퍼런 도끼를 들어 다시 한번 기둥을 내리쳤다. 새파랗게 질린 희옥과 할멈이 소리쳤다.

"집 넘어 가겠어요!"

그제야 정신이 드는지 꺽정이 과부를 향해 걸음을 옮겼다.

"이 정신나간 년을 봤나!"

과부의 도끼 든 손을 잡고 나꿔채자 과부는 허공에 나가 떨어져 버렸다. 아무리 드세다지만 꺽정에게는 나약한 여자일 뿐이었다.

과부는 거품을 물고 나동그라져 아무 말이 없었다.

"죽지 않았을까요?"

그래도 불쌍했는지 희옥이 걱정스레 물었다. 할멈은 과부의 얼굴을 한번 들여다보고는 고개를 저었다.

"기절한 모양입니다."

열녀 과부가 아무 힘도 없이 나동그라졌기 때문에, 치마가 들려 올라가고 속옷이 밖으로 빠져 나와 넓적다리가 완전히 드러나 있었다.

성질과는 달리 속살은 무척 희었고 보기 좋은 다리를

가지고 있었다. 그뿐 아니라 윗저고리 고름이 끊어지면서 왼쪽 젖꼭지가 발가스름하게 밖으로 튀어나와 있었다.

꺽정은 애초에 이 과부에게 혼찌검을 줄려고 마음먹었었다. 그런데 기절을 하고 보니 팔자가 불쌍한 가련한 처녀로 보였다. 게다가 복사꽃처럼 뽀얀 젖가슴은 야릇한 흥분을 불러일으켰다.

할멈이 냉수를 과부의 얼굴에 뿌리자 과부가 깨어나기 시작했다.

"으음……"

눈을 뜨고는 꺽정을 보자 몸을 솟구쳐 일어서려고 했다. 이를 본 꺽정은 옆구리에 과부를 끼기 위해 우격다짐으로 허리를 끌어안았다. 표독스러운 성질과는 달리 나긋나긋한 허리와 물컹한 젖가슴에 꺽정은 가슴이 벌렁거렸다.

한달음에 달려 과부의 집, 대청마루에 던지기 전에 과부의 봉긋한 엉덩이를 꼬집는 시늉을 하였더니, 과부가 눈을 부릅뜨고는 앙칼진 소리를 질렀다.

"이게 어디서 배운 버릇이야!"

제법 근엄한 표정을 짓는 과부를 보고 꺽정도 마찬가지로 되받아쳤다.

"과부에게 배운 버릇일세."

그 말에 과부는 할말이 없었는지 입가에 미소를 지으면서 얼굴이 붉어졌다. 마루에 내려 놓으면서 꺽정은 일부러 큰 소리를 쳤다.

"언젠가는 버릇을 한번 단단히 고쳐 놓겠으니 그리 알아!"

이번에는 과부가 꺽정의 말에 응수를 했다.

"그래! 한번 가르치지 못하면 병신이지."

은연 중에 과부는 꺽정이를 유혹하였고, 꺽정이 또한 과부를 유혹한 셈이었다.

희옥은 매일 울상을 하고 꺽정에게 이사를 가자고 졸라댔다. 꺽정은 희옥을 달래면서 며칠 안에 버릇을 완전히 고쳐놓겠다고 장담을 했다.

그 날도 과부의 집에서는 여전히 포악한 소리가 동네를 시끄럽게 했다. 오히려 꺽정에게 혼난 이후로 더욱 심해지고 있었다.

"이놈아, 야! 이놈아…… 누가 죽는지 해보자."

"이놈아, 정렬 부인을 몰라 보고……"

"시아버지! 그놈을…… 그냥 둔단 말이오."

남자에게 원한이 맺힌 듯 남자 종을 향해 더없이 발광하는 것이었다.

그럴 때마다 희옥은 가슴이 철렁철렁 내려앉았지만 꺽정은 아무 말이 없었다.

꺽정은 초저녁에 한바탕 희옥이를 주무르고 나서 일찍이 잠에 떨어졌다. 달빛이 휘황하게 뜨기를 기다리기라도 한 듯 벌떡 일어나 앉았다.

'지금이 한밤중인 축시 정도 되었겠군.'

꺽정은 부시시 일어나다가 잠들어 있는 희옥의 앙증맞은 입술에 입을 맞추었다. 벽장에서 칼 한 자루를 꺼내어 품 속에 지니고 밖으로 나왔다.

빗장을 열면 희옥이 깰까 봐 달빛을 이용해 담을 훌쩍 뛰어 넘었다. 그리고 다시 과부의 담장을 올려다보니 자신의 집 담보다 반길은 더 높았다.

"그거 참 되게 높네……"

중얼거리던 꺽정은 날쌔게 담을 한 손으로 잡고 반공중 위에 떠 정원으로 사뿐히 몸을 날렸다. 이만큼 넓은 정원이면 한양에서도 큰 집에 속했다.

'이년을 박살을 내버릴까…… 아니면……'

꺽정은 달빛을 밟으며 은근한 웃음을 띠었다.

과부가 자는 방으로 발걸음을 옮기는데 사랑채에서 기침 소리가 들려 왔다.

'시아비가 잠을 못이루고 있군.'

속으로 동태를 살피며 과부의 방 앞에 다다르자, 과부의 숨소리가 귀를 간지럽혔다.

꺽정은 침을 발라 문구멍을 뚫었다. 가만히 방안을 들여다보니 넓은 방에 외로이 누워있는 과부의 모습이 들어왔다.

"끄응……"

고개를 돌리며 한쪽으로 몸을 뒤틀었다. 탱글탱글해 보이는 젖가슴으로 베개를 껴안으며 무어라 중얼거렸다.

"이놈아, 날 죽여라…… 음……"

허연 다리를 이불 위로 쭉 뻗어 차는 시늉을 했다. 달빛을 받아 윤기가 흐르는 다리를 보자 마른침이 절로 넘어갔다.

껵정은 아랫도리가 뻐근해지면서 도저히 참을 수 없다는 듯 문짝을 삐긋이 잡아당겼다. 안으로 걸어 잠근 문짝이었지만, 워낙 손아귀의 힘이 센 껵정의 손에 뿌지직! 소리를 내며 문고리가 빠져 나갔다.

휘익!

서늘한 바람이 방안을 휘감아 돌았다. 싸늘한 냉기에 과부가 눈을 떴다. 대청마루의 기둥뿌리만큼이나 체구가 큰 사내가 서 있었다. 게다가 날이 선 장검을 높이 세워 들고 있는 것이 아닌가!

"이년아, 모가지를 내놓아라!"

낮은 목소리가 스산하게 들렸다.

과부는 고개를 들어 껵정의 얼굴을 다시 한번 자세히 쳐다보더니 악에 받친 소리를 내질렀다.

"그래 잘 만났다! 네 손에 죽는 것이 내 소원이다. 어서 날 쳐죽여라!"

과부는 저고리의 위쪽을 아래로 와락 끌어내렸다. 그러자 하얀 목덜미가 달빛에 비쳐 애잔하게 보였다.

'이년이 진짜 죽고 싶나!'

하고 생각한 껵정은 칼로 목을 쓰윽 그어 버렸다. 차가운 칼날이 오싹하게 목을 파고들자, 과부는 저도 모르게 몸을 움츠렸다. 그것이 칼잔등이었다는 것을 과부가 몰랐던 것이다.

껵정은 빙긋이 웃으며 계집은 아무리 담대한 척해도 소용이 없는 것이라고 생각했다.

껵정이 칼등으로 다시 목을 툭툭 치니 과부가 다시 목

을 쭉 내밀고는 소리쳤다.

"이놈아, 죽이려거든 빨리 죽여라! 왜 죽이지 못하고 장난만 치느냐!"

"이년아 내 칼에 정말 죽고 싶으냐?"

꺽정은 속으로는 웃었지만, 워낙 독한 계집이라 오히려 가슴이 찔끔하였다.

"이 몹쓸년아, 죽이면 누가 목을 친다더냐? 가슴을 도려내지."

이것은 흥분한 과부를 보고 생각한 꺽정의 장난이었다. 역시 과부는 꺽정의 생각대로 홧김에 저고리를 확 잡아 제쳤다. 가슴이 훤하게 드러났다.

"자, 찔러라! 어서!"

가슴 양쪽에 두 개의 봉오리같은 흰 달덩이가 앞으로 툭 불거져 나왔다. 살결이 매끄럽게 생긴 것이 색을 꽤 좋아할 것 같았다. 아직 아기를 낳아보지 못한 몽글몽글한 젖꼭지는 뾰족하게 하늘을 향해 솟아 있었다.

그것을 넋놓고 쳐다보던 꺽정은 정신이 아찔해졌다. 눈에 띄게 아랫도리가 불쑥거리는 것을 과부가 눈치챌까봐 꾹꾹 눌러 참고 있었다.

"너의 소원이라면 그렇게 해주지."

꺽정은 칼 끝으로 젖꼭지 근처를 쿡쿡 한두 번 찔렀다. 과부는 평생 느껴보지 못한 섬뜩하고 야릇한 기분에 몸을 움씰움씰 떨었다.

"이년, 이래도 항복하지 않겠느냐?"

"무엇이라고!"

과부는 자존심이 상했는지 당차게 받아쳤다.

"아무래도 네가 죽고 싶은 게로구나!"

"한 번 죽지 두 번 죽는 사람도 있다더냐?"

과부는 다시 아랫배에 걸려 있는 저고리를 홀떡 벗어 신경질적으로 내팽개쳤다. 허벅진 상반신이 탐스럽게 드러났다.

꺽정은 숨이 컥 막히는 기분이었다.

"이제 그만하면 네 마음도 알았다."

무슨 뜻인지 모를 뚱딴지 같은 소리를 하고는 칼을 다시 칼집에 꽂았다.

사내가 갑자기 칼을 거두자 과부는 머쓱해졌다. 가슴과 배꼽 부근까지 열어 제쳐진 자신의 몸을 보고는 쑥스러워진 것이다.

과부는 옷을 빠르게 여미고는 이내 냉정을 찾았다. 그러더니 입에서 불호령이 떨어졌다.

"이놈아, 아닌 밤중에 남의 부인 방에 침입한 놈을 그냥 둘 줄 아느냐!"

과부의 호통에 꺽정이 빙그레 웃었다.

"무얼 그렇게 할 필요까지 있느냐……"

꺽정은 달래듯 과부에게 다가가 몽실한 젖가슴에 손을 넣으려고 했다. 그러자 과부가 벌떡 일어나 오히려 바짝 달려들었다.

"으윽!"

꺽정의 신음 소리였다.

과부의 얼굴에는 시원하다는 듯한 웃음이 쫙 퍼져나갔

다. 과부의 손아귀에 꺽정의 소중한 물건이 단단히 잡혀 있었던 것이었다. 워낙 갑자기 달려든데다가 마음먹고 움켜잡은 과부의 손아귀를 쉽게 뿌리치지 못했다.

"이년아 놓아라."

"……"

"놓지 않으면 떼어서 네가 가질 작정이냐?"

"……"

"손목 부러지고 싶으냐!"

"……"

"오늘 밤 손목이 부러져도 괜찮다는 거냐?"

"죽인다고 방방 뜨더니 겨우 손목이냐!"

과부가 움켜잡은 곳을 손목으로 이리저리 돌리자 꺽정이 좋은 건지 싫은 건지 모를 인상을 잔뜩 찌푸렸다.

"죽인다는 것은 장난으로 그랬지?"

"장난?"

과부는 다시 한번 되뇌었다.

"그래, 네말 맞다나 장난한 다음에 어떻게 할 생각이었지?"

"……"

꺽정이 말이 없자 과부는 더욱 채근하며 다그쳤다.

"어떻게 할 생각이었냔 말이야!"

"어쩌긴 어째, 좋다면 같이 살고 싫다면 그만이지!"

그 말에 과부는 잠시 뜸을 들여 생각하더니, 손아귀에서 물건을 놓아 주었다.

"그 말 정말이냐……"

과부의 목소리가 잦아들었다.

"사내가 계집애처럼 거짓말 하겠는가."

당차게 뻣뻣했던 과부가 꺽정의 품 안으로 파고들었다. 그 순간 바깥에서 걸음 소리가 저벅저벅 들려 왔다.

"아가, 자느냐?"

"누구세요?"

과부가 재빨리 문고리를 안으로 걸고 다시 물었다.

"누구시냐니까요!"

"누구긴, 시아비지. 누가 방에 들어 왔느냐?"

"오긴 누가 와요!"

"행랑 아범이 누가 와서 죽인다 살린다는 말을 들었다기에 왔다."

"무슨 소리세요? 아마 잠결에 이웃집 사내놈 욕한 것을 잘못 들었나 보지요."

그 말에 꺽정이 과부의 허리를 가만히 꼬집었다.

"하여튼 문이나 열어봐라."

"늦은 밤에 망측하게 무슨 문을 열라세요."

"……"

이런 밤에 아무리 시아버지라도 남자가 분명한데, 함부로 문을 열 수 없다는 과부에 말에 시아버지도 어쩌지를 못했다.

"잠꼬대로 이웃집 사내놈에게 심하게 욕지거리를 한 거라니까요."

꺽정이 이번에는 과부의 허벅지를 가만히 꼬집었다. 과부는 눈을 흘기며 조용히 하라는 표시를 보냈다.

"잠시라도 문이나 한번 열어 보렴."

시아비가 고집을 부리자 과부는 펄쩍 뛰는 소리로 안 된다고 못을 박았다.

"방문에 사람의 그림자가 어른거리는 것 같더구나."

"그건 또 무슨 말씀이세요. 어서 가서 주무세요."

"그렇다면 불을 끄고 자거라. 불이 켜 있으니 나쁜 꿈을 꾸는 게지.'"

발걸음 소리가 멀어지는 것을 확인한 과부는 몰았던 숨을 내쉬었다.

꺽정이 과부의 허리를 부여안자, 과부는 눈을 찡긋하며 웃음을 지었다. 과부로선 생전 처음으로 남자 앞에서 요염하게 웃어 본 웃음이었다.

꺽정이 옷을 천천히 벗기기 시작하자 과부는 온몸이 후들후들 떨렸다. 수줍기도 하고 반갑기도 한 마음에 몸을 어떻게 움직여야 할지 당황했다.

꺽정은 속으로 우습기 짝이 없었다. 조금 전까지만 해도 그리 표독스럽게 굴더니, 이제는 열여덟 처녀가 되어 부끄러워하니 미소를 안 지을 수 없었던 것이다.

"당신은 아직 숫처녀렷다, 흐흐흐……"

"……"

아직도 팽팽한 과부의 젖가슴을 어루만지자 과부는 흥분하여 몸을 가누지 못할 지경이었다. 호랑이 등을 탄 이후로 쌓였던 십여 년의 긴장이 일시에 풀어 헤쳐지는 기분이었다.

"나이 삼십에 아직 처녀가 있으니 당신은 참으로 소중

한 몸이오."

오들오들 떨고 있는 과부의 몸을 꽉 껴안다. 거칠고 뾰족한 소라의 껍질 속에 연하디연한 속살이 숨어 있듯이 과부의 몸도 부드럽기 짝이 없었다.

꺽정의 능숙한 손놀림이 빨라지자 과부의 입에서 가느다란 신음이 흘러 나왔다.

"흥…… 흐흥……"

더 이상 참을 수 없었던 꺽정이 뻗쳐 오른 거대한 물건을 과부의 몸으로 밀어 넣었다.

과부는 꺽정의 소중한 물건을 쥐어보아 예상은 했었지만 이토록 크게 압도해 올 줄은 몰랐다. 마치 큰 목선이 몸안으로 빨려 들어오는 착각에 빠질 지경이었다.

"그만…… 아…… 제발 그만."

과부는 생전 처음 이런 해괴한 고통을 당하는 것이었다.

꺽정은 다시 몸을 격렬하게 움직였다. 꺽정은 과부가 정말 숫처녀인 것 같았다.

"조금만…… 견디면 돼."

과부는 빠르게 추억이 스쳐 지나갔다. 아무것도 모르는 단발머리 소녀가 연지곤지를 찍었던 일, 뒷간에 앉아 있던 어린 신랑, 호랑이의 등……

목까지 차오르는 흥분으로 인해 추억들이 분홍빛이 되어 가물거렸다. 머릿속에 하얀 불꽃들이 펑펑 터지는 것 같았다. 자신도 모르게 꺽정의 등을 으스러지게 끌어당겼다. 이내 아랫배가 들썩이며 숨이 막히는 것 같았다.

"흐흐흑······"

환회의 눈물이 이불을 적셨다. 마지막 불꽃 조각들이 온 몸에 퍼져나가자 과부는 꺽정을 안은 사지를 힘껏 움츠렸다.

아이쿠······

꺽정은 순간적으로 소리를 지를 뻔했다. 그만큼 여인은 힘이 좋았고 온몸을 사용할 줄 알았던 것이다.

"그래 어떤가?"

"하늘 아래 이런 기분이 있었소?"

"하하하."

그 말에 꺽정이 너털웃음을 터뜨렸다.

새벽이 되도록 두 사람은 정다운 이야기를 나누었다. 꺽정은 속으로 생각했다.

'이토록 속은 나약하고 부드러운 여자가 세상을 잘못 만나 그간 마음 고생이 무척 심했겠구먼.'

과부도 새로운 문을 열어준 꺽정이 다정한 신랑처럼 생각됐다. 게다가 꺽정의 두둑한 배짱도 마음에 들었다.

이렇게 두 사람이 새로운 정을 틔워가고 있을 때, 반대로 시아버지는 속이 무너지는 것 같았다.

시아버지는 과부 며느리가 아무리 시치미를 뗐지만 이상한 눈치를 지울 수가 없었다. 잠을 자려고 해도 수상한 마음에 오래도록 설치기만 했다.

살그머니 일어나 도둑고양이처럼 며느리 방문 앞에 살금살금 다가갔다. 방안에서 들려오는 남녀의 신음과 달콤한 밀어는 차라리 귀를 막고 싶은 심정이었다.

'그러면 그렇지…… 나라에서 정문까지 받은 열녀 며느리가……'

시아버지의 마음에는 잔뜩 먹구름이 끼어들었다.

과부의 기분은 새로운 세상이었지만 시아버지의 눈에는 시커먼 사내의 품에 안겨 갖은 아양을 떨며 사랑의 욕정을 채우고 있는 며느리였다.

아침이 되자 며느리를 불렀다. 며느리는 이웃집 남자와 밤새 씨름을 하느라 핏발 선 눈이었고, 아직도 사내의 색정에 취해 있는 듯한 얼굴이었다.

"이웃집 사내놈과 세상에 이럴 수가 있느냐?"

시아버지의 꾸짖는 소리에는 분함도 있었지만, 더러움을 역겨워하는 태도도 섞여 있었다.

"뭐가 그럴 수가 있냐는 거예요?"

며느리는 오히려 반항적으로 대꾸했다. 시아버지가 노려보자 며느리는 이미 모든 것을 각오하고 있었다는 듯이 쏘아 붙였다.

"못할 짓을 했나요? 숨통이 막혀 죽을 지경인데 그게 그리 잘못인가요?"

"휴우…… 세상 말세구나. 정문받은 열녀 며느리가 서방질을 하다니…… 어이쿠."

시아버지가 아예 통곡하는 시늉을 하자 며느리는 더 이상 참을 수가 없었다.

"정문이고 열녀고 이젠 그런 말 다시 하지 마세요. 그 정문을 받은 것 때문에 오히려 그곳에 목을 메고 싶은 게 저예요."

날카로운 며느리의 항변이 시아버지의 가슴을 매섭게 찔렀다. 그러자 시아버지는 모든 것을 결심한 표정이었다.

"애야, 난 오늘 짐을 싸가지고 시골로 내려가겠다. 그리고 잘 살아라."

시아버지는 눈물을 흘렸다. 그것을 보니 며느리도 가슴 한쪽이 아려왔다. 그간 미운 정 고운 정으로 모셔왔는데 막상 영 이별이라고 생각하니 섭섭한 마음이 몰려왔다.

그러나 과부는 이를 악물었다. 평생을 허울좋은 열녀 정문과 양반 체면에 눌려 사느니 어젯밤 그 칼에 맞아 죽는 것이 낫다고 생각했기 때문이다.

게다가 어젯밤 꺽정에게서 느낀 인생의 지극한 환희를 버릴 수 없었다. 바로 이 순간에도 과부는 꺽정의 우람한 가슴팍이 가슴이 미어지도록 그리웠다.

"좋으실 대로 하세요."

야무진 한마디에 시아버지도 더 이상 어쩌지 못하고 충청도 고향으로 내려갔다.

소문난 열녀는 없고 시아버지만 내려오자 고향 사람은 무척이나 궁금해했다.

"급작스럽게 며느리가 죽어서 한양에다 장사지내고 내려왔소."

이웃사람도 열녀인 며느리였기 때문에 더 이상 의심하지 않았다.

새벽 달이 지기 전에 들어온 꺽정을 보고 희옥이 깜짝 놀랐다.

"이 밤중에 어디 다녀오셨어요?"

"이웃집 계집을 혼찌검 내주고 왔어."

말 한마디만 던지고 코를 골면서 잠에 떨어져버렸다. 아침이 되자 종이 조반쌀을 타가지고 밖으로 나갔다가 이내 돌아와서 안방에 대고 말했다.

"마님!"

"왜 그러느냐?"

"별일이 다 있지 뭐예요."

"무엇이?"

"제가 쌀을 일고 있는데 옆집 과부가 버선발로 쫓아오더니 글쎄……"

"빨리 말해 보아라!"

"자신이 울화병이 터지면 물불을 가리지 못하고 발광을 하는데, 어저께 댁내에 한 짓도 울화병 탓이었다면서 아주 큰 실례를 범한 것을 용서해 달랍디다."

"원 참, 기특하구나."

"이제 이사하지 않으셔도 아무 일 없겠어요."

희옥은 아무리 생각해도 꺽정이 대단하게 보였다. 어떻게 하였길래 그리 독한 여자가 고개를 숙일까? 하는 의문이었다.

이런 생각을 하고 있을 때 곤하게 잠을 자던 꺽정의 입에서 이상한 소리가 튀어 나왔다.

"오오, 열녀…… 자네의 몸도 일품이군……"

조 정승의 딸은 의문이 일시에 풀렸다. 희옥은 한참을 흔들어 꺽정을 깨웠다.

"무슨 일을 밤새껏 하시었기에 그렇게 피곤하세요?"

"밤에 할 일이야 한 가지 밖에 더 있나."

"농담하지 말고 말씀해 보세요. 나으리가 아무래도 달라진 것 같아요. 헛소리까지 하시면서……"

"무슨 헛소리 말인가?"

"희한한 헛소리였어요. 열녀의 무엇이 일품이라나요."

"내가 정말?"

"그럼 제가 거짓말해요?"

"그랬을지도 모르지."

"어떻게 된 건지 말씀해 보세요."

"그렇다면 속시원히 다 얘기해 주지."

꺽정은 어젯밤 일의 자초지종을 자상히 얘기해 주었다. 조 정승 딸은 이미 짐작은 했지만 막상 듣고 보니 가슴 밑바닥에서 서운한 눈물이 솟았다.

"뭐가 서러워 우나."

그 말이 또 서러워 희옥은 복받치는 눈물을 주체하지 못했다.

"모두 똑같이 대해 준데도 그러네. 제기랄, 누구는 삼천궁녀도 데리고 살았다는데 계집 두서넛 거느리지 못할까."

꺽정이 투덜거리자 마음이 약한 희옥은 금세 눈물을 감췄다. 영웅의 앞길을 막아서서는 안 된다고 스스로 마음을 다잡았다.

"다 좋으니까, 저를 버리지만 마세요."

희옥의 눈물에 마음이 편치 않은 꺽정은 거듭 위로의 말로 달랬다.

"버리긴 누가 버린다는 말인가. 시임 좌의정 조 정승의 따님을 누가 우습게 보겠나."

그 이튿날 밤, 희옥이 소변을 보려고 잠이 깨었을 때 옆자리를 보니 꺽정이 없어졌다. 희옥은 과부의 집이 생각나자 은근한 질투가 생기는 것을 막을 수가 없었다.

꺽정은 가끔 종실녀에게도 가보지만 그녀는 속병이 있어 꺽정이의 기운 찬 공세를 싫어하였다.

또 조 정승의 딸은 살결은 아름다우나 양반집 딸로 컸기 때문에 꺽정이 좋아하는 노골적인 행위를 그리 즐기지 않았다.

그러나 새로 맞이한 열녀 과부는 살결도 매끄러울 뿐 아니라, 억센 힘을 소유하고 있어 꺽정의 넘치는 힘을 몇 번이고 충분히 받아 주었다.

게다가 아쌀한 배짱이 맞아 별스러운 짓도 헌걸차게 받아들일 줄도 알았다. 새로 만난 풋정이 싱싱해 꺽정은 날이면 날마다 과부 열녀에게만 파고들었다.

열녀 과부는 그 많던 울화가 꺽정을 만난 뒤로 깨끗이 씻겨졌음을 느꼈다. 아주 가끔 예전의 독기가 발휘될 때면, 꺽정의 꾸지람 한두 마디면 이내 수그러지고 말았다. 전에 비하면 완전히 딴 사람이 된 셈이었다.

종실녀는 정실로 자처하였고, 조 정승 딸은 딸대로 육례를 갖추었다고 자부했다.

또한 열녀 과부는 또 그녀대로 첩이 아니라고 자처하였기 때문에 임꺽정의 처는 천복산에 있는 것 말고도 셋이나 되었다.

'삼천궁녀 대신에 계집 셋을 거느리지 못하랴.'

이것이 한양에서의 그의 배포였다.

여인 천국

꺽정은 열녀 과부를 만난 이후로 일체 밖에 나가지 않고 열녀 과부의 방에서만 처박혀 있었다.

두 사람은 늦게 만난 정분을 마음껏 푸느라 꼼짝달싹할 짬이 없었던 것이다.

천복산 두메산골에 있기가 답답하여 한양 바람이나 쐬고 돌아가리라던 생각이었다. 애초에는 길어야 한 달여 정도로 예상했었다.

그러나 뒤늦게 바람이 난 꺽정은 온갖 계집질과 오입질로 벌써 여섯 달을 넘기고 있었다. 이것은 함흥차사가 아니라 한양차사가 되어버린 것이다.

꺽정은 처음에 가지고 온 재물과 정력을 상당히 소모했으나 그런 것에는 개의치 않고, 오로지 세 계집과 기생 소향이와 놀아나느라 녹초가 되었다.

천복산에서는 대장이 없는 동안에도 도중(道衆)의 일들을 한양에 있는 꺽정이에게 물어 모든 것을 결정하였다.

그러나 그것도 한두 번이지 여섯 달이 훌쩍 넘어가자 서서히 조바심이 나기 시작했다.

"대장이 아주 한양에 눌러 앉으실 생각인가?"

"원인은 한 가지밖에 없어. 재물과 계집 때문이지."

"사생동고하자고 결의할 때는 언제고."

"사생동고가 계집의 보드라운 살결에 비할 수 있나."

"그야 그렇지. 사내란 나이에 상관없이 계집에게 한번 빠지면 물불을 가리지 못하는 것이거든."

천복산에서는 이런 대화들이 두령들뿐 아니라 졸개들의 입에까지 올려지는 실정이었다.

천복산은 아직 깊은 겨울인데도 불구하고 떠날 준비를 해야 한다고 도중들의 의견이 모아지고 있었다.

그 이유는 첫째, 이같은 두메산골에 오래 파묻혀 있다가는 모두 굶어죽기 십상이고, 둘째는 꺽정을 빨리 한양에서 내려오게 하자는 것이었고, 세째는 화려했던 옛날의 청석골을 다시 한번 누려보자는 것이었다.

어느 날 꺽정이 열녀 과부의 집에 한가롭게 누워있는데 손님이 왔다고 하여 나가 보니 그는 다름 아닌 하왕동이었다.

"도중이 모두 들썩거리고 있습니다. 자형도 생각해 보십시오. 여기 온 지가 벌써 몇 달입니까? 이제 그만 털고 오셔야겠습니다."

하왕동이 꽤나 힘주어 말했다.

묵묵히 듣고 있던 꺽정이 입을 열었다.

"지금 이 추위에 어디로 옮겨간단 말이냐! 봄이 된 다음에 어디로 가더라도 가야지. 새로 집을 짓는다고 해도 언 땅이 풀려야 손을 쓰지. 공연히 수선들 피우지 말고 봄이 올 때까지 기다리고 있으라고 전해라."

꺽정의 단호한 명령에 하왕동은 더 이상 다른 말을 할 수가 없었다. 공연한 헛걸음만 한 꼴이었다.

처음엔 천복산에서도 이틀이 멀다 하고 꺽정에게 선을 대어 무리없이 일을 잘 처리하였다.

그런데 꺽정이 첩들을 얻고 나서 엉거주춤하는 바람에 천복산과의 관계가 떨떠름해졌다. 천복산에서 사람이 자주오는 것을 거북해했고, 이따금씩 두령 한두 사람이 오는 것도 달가와하지 않게 된 때문이었다.

그것은 자신이 첩을 얻는 꼴을 보이기 싫어하는 마음도 포함돼 있었다.

그 이후로는 하왕동이만 잠깐 한양을 다녀가곤 했다. 왕동이도 워낙 눈치가 빠른 사람이라, 꺽정의 팔난봉 짓을 이미 다 알고 있었지만 일체 발설하지 않았다.

세상에 둘도 없는 누님이 꺽정의 아내였다. 그래서 가재는 게편이라고 누님 쪽으로 마음이 기울어져 있어, 꺽정의 짓을 못마땅하게 생각하고 있었다.

그러나 누님의 속을 상하게 하기 싫어서 일체 누구에게도 발설하지 않고 있었던 것이다. 원래 하왕동은 워낙 내외간에 금슬이 좋아 난봉짓하는 사람을 좋게 생각하지 않는 사람이었다.

꺽정의 부인인 백손이 어머니는 꺽정이 한양 가서 돌아오지 않자 처음에는 물건이 팔리지 않아 못 돌아오는 줄 알고 안타까워했었다. 그런데 영 소식이 없자 꺽정을 의심하기 시작했다.

'아무래도 젊은 계집에게 단단히 미쳐 죽자 사자 하고 있을거야.'

백손 어머니는 동생인 왕동이에게 물어보았지만 아무 말이 없자 친동기간에도 속이느냐고 답답한 속을 내보이기도 했다. 끝내 한양에 혼자라도 가 보겠다고 고집을 부리는 것을 여럿이 만류하기도 했다.

두령들이 모여 꺽정의 호색하는 문제를 가지고 얘기를 나누었다.

"꺽정이와 같이 훌륭한 영웅이 여색에 빠질 수가 있는가?"
라고 의문을 표시한 것은 예 두령이었다.

방중달은 '대장 형님이 비록 여색에 탐닉한다고 해도 끝까지 늘어질 위인은 아니다.' 라고 주장했다.

또 이룡은 '형님이 여색에 빠져서 방황하고 있다는 것이 믿어지지 않는다.'고 말했다. 그러나 유독 서림만은 다른 두령들과 다른 주장을 했다.

"그렇지가 않습니다! 대장께서 영웅이신 까닭에 여자에게 빠질 리가 없다고들 하시지만 저는 다르게 생각합니다. 바로 영웅이기 때문에 여자를 더 밝히실 수 있는 것입니다. 대장부인의 한양행을 공연히 가로막은 것 같습니다."

서림은 영웅호색을 누누히 강조했다. 왕동이 꺽정의 명령을 전하자 모든 두령들은 봄이 되기를 기다릴 수밖에 없다고 의견을 정리했다.

세월은 거짓말을 하지 않는다. 이것을 증명이라도 하듯 천복산에도 새봄이 찾아왔다. 그러나 꺽정이에게만은 봄이 오지 않았는지 무소식이었다.

봄이 오자 여러 도적들의 마음이 들떠있는데 꺽정이 오지 않자 실망하는 기색들이 역력했다. 할 수 없이 왕동이 다시 한양에 가서 꺽정을 만나고 돌아오더니 소식을 전했다.

"곧 돌아오신다고 합니다."

여러 두령들도 그 소식을 듣고 기뻐했다. 그런데 십여 일이 지나도 아무 소식이 없었다. 두령들이 왕동일 보고 다시 한번 더 갔다오라고 재촉했다.

"온다 온다 말씀만 하시니 전들 무슨 방법이 있어야지요."

한숨 섞인 왕동이의 말을 듣던 서림이 입을 열었다.

"만일 이번에도 안 오신다면 우리도 방법이 있다고 말씀하시오."

서림의 말에 여러 두령들이 의아해하며 되물었다.

"그게 무슨 방법인지 들어봅시다."

"이번에도 오시지 않는다면 우리들 모두 한양으로 올

라가든지, 아니면 각기 뿔뿔이 사방으로 흩어져 버릴지도 모른다고 말씀하십시오."

왕동이의 귀에 서림의 말이 그럴싸하게 들렸다. 왕동은 그 길로 한양으로 향하였다.

왕동이 한양에 도착한 날이 바로 안구의 생일이었다.

꺽정은 안구의 집에서 술을 마시고 있었다.

"밖에 손님이 오셨습니다."

"들어오시라고 해라."

왕동이가 고단한 얼굴로 방문 밖에서 꺽정에게 수인사를 했다. 그러자 꺽정의 얼굴이 마치 개가 닭 보듯 하는 표정이었다.

이상한 분위기를 눈치챈 안구가 왕동을 반갑게 맞았다.

"오! 너가 왔구나. 어른님 생신을 다 알고 수백 리 길을 오다니. 어서 절이나 한번 해라."

안구와 왕동이는 무척 친한 사이였다. 그러나 왕동의 기분이 말이 아니었다. 이럴 때 함부로 하는 농담은 자칫 화를 돋굴 수가 있는 법이었다.

여유가 없던 왕동은 안구의 말대로 그대로 받아들여 버렸다.

"개같은 놈! 개소리하고 자빠졌네."

왕동의 거침없는 욕설에 안구도 안색이 갑자기 변했다. 하여간 왕동은 바깥에 엉거주춤하기가 뭣해 방안으로 들어왔다.

방안에는 여섯 명이 앉아 있었다. 중국 비단으로 온몸

을 감은 네 명의 계집은 기생이었고 두 사람은 꺽정과 안구였다.

한 가운데는 술과 안주가 주안상에 그득이 놓여 있었고, 그 옆에는 거문고와 가야금, 장구가 밀쳐져 있었다.

이런 분위기 속에서 왕동이가 들어왔으니 방안에 모든 사람이 어색할 수밖에 없었다. 게다가 기생들 가운데는 꺽정이의 정부인 소향이도 한자리를 차지하고 있어 무척이나 거북한 자리였다.

그러나 왕동은 산식구들을 생각해서 비좁은 틈을 억지로 뭉개고 들어가 꺽정에게 절을 했다.

그러나 꺽정은 거들떠 보지도 않았다. 어색한 분위기를 깨기 위함인지 안구가 절을 대신 받았다.

"오, 그래 아무 일 없이 잘 왔느냐?"

점잔을 빼고 꺽정의 흉내를 내자, 계집들이 서로 얼굴을 바라보며 키득댔다. 왕동이는 안구에게 무시당하고 더우기 계집들에게까지 창피를 당한 것같아 울화통이 터졌다.

"이 개자식아, 내가 너의 놀림감이냐?"

철썩! 순식간에 안구의 따귀를 보기좋게 후려 갈겼다.

"어이쿠!"

안구의 비명 소리가 들렸다. 그와 동시에 퍽! 하는 소리와 함께 왕동이가 술상 옆에 나동그라져 버렸다.

"이놈아! 생일날 주인을 치는 법이 어디 있느냐."

꺽정이 꽥 소리를 지르며 다시 손을 들어 치려고 하자, 안구가 일어서서 황급히 말렸다.

"선생님, 왜 이러십니까. 그만 고정하십시오."

쓰러진 왕동이의 뺨이 시뻘겋게 부어오르기 시작했다. 꺽정은 그래도 화가 풀리지 않는지 소리쳤다.

"이 새끼, 당장 가거라!"

왕동은 속에서 울컥 눈물이 치솟았다. 이것이 사생동고(死生同苦)하던 자형이자 대장이고 형님인 꺽정이의 행동이라고 생각하니 당장에 눈물이 쏟아졌다.

죄없는 왕동이의 눈물을 보자, 꺽정이도 미안한지 거북하게 앉아 사과했다.

"내가 너무 했구나……"

안구는 비록 뺨은 맞았지만 이 곳의 주인이었다.

"선생님도 고정하시고 자네도 그만 그치게. 사내 대장부가 울기는……"

"……"

"우리 그만 화해술이나 한잔하세."

"모든 것이 다 싫네."

"이 사람아, 화해술을 싫단 사람이 어디 있단 말인가."

왕동이는 하는 수없이 술을 부어 두어 모금 마셨다. 그리고는 꺽정에게 다시 오게 된 얘기를 하기 위해 천천히 입을 열었다.

"다시 오고 싶지는 않았지만 여러 두령들의 강권에 못이겨 이번을 마지막으로 생각하고 왔습니다. 천복산 두령들의 얘기나 전해드리고 저는 가겠습니다."

그 때 기생들 앞에서 그런 얘기를 듣기 싫어하는 꺽정이가 말을 잘랐다.

"이따 듣도록 하자."

꺽정의 말이 한번 떨어지자 왕동은 계속 입을 놀릴 수가 없었다. 당황해하는 왕동에게 안구가 술을 따라 주었다.

"내 삼십 평생에 생일날 따귀 맞아 본 것은 처음이다. 이 고마움을 무엇으로 갚겠나?"

안구가 우스개 소리를 하자 기생들까지 깔깔거리고 웃었다. 그러나 왕동이만은 그대로 부어 있었다.

"시골 사람인 자네가 기생 맛 본 일이 있을 리는 없고. 어떤가, 오늘 한번 맛을 보지 않겠나?"

왕동이 대신 옆에 있던 기생들이 대꾸하며 나섰다.

"기생이 무슨 음식인가요."

"그런 음식이 댁에 있으면 어디 한번 맛 좀 봅시다."

안구는 기생들을 향해 희죽 웃고는 다시 왕동이에게 말을 걸었다.

"기생 맛이란 정말 좋다네."

"기생 맛이. 어디가 좋습디까?"

"맛이야 한 입으로 다 설명은 못하지만, 그 중에 하복부가 제일이지."

안구의 질펀한 말 솜씨에 한 기생이 되받아쳤다.

"하복부야 모든 사람의 어미가 다 좋은 게 아니오."

그 말에 모두 웃고 말았다. 그러나 여전히 한 사람 왕동이만 멀거니 앉아 있었다.

결국 기생의 말은 '네 어미의 하복부도 좋지 않으냐'는 뜻인데 차마 그렇게는 표현하지 못했을 뿐이다.

"맛으로 말하면야 처보다는 첩이 훨씬 좋고, 첩보다는 기생이 한층 더 훌륭하지. 그러기에 기생 맛을 보지 않고는 계집 맛을 입에 올릴 수 없는 걸세. 여기 모인 기생들이 한양 장안의 일등 명기들이지. 선생님 곁에 앉은 기생만 눈독 들이지 말고 그 나머지는 자네 맘대로 하게나."

"……"

"속으로 자네가 딱 찍어놓고 나중에 통지만 해주면 내가 포주 노릇은 해주겠네. 친구 좋다는게 뭐 별건가? 바로 자네 옆에 앉은 계집이 홍련화요, 그 옆이 강순월이고 바로 건너가 추월색이네. 선생님 옆에 앉은 것이 소향이라고 두자 이름인데 그 기생만은 임자가 있는 듯하니 찍어도 소용이 없네, 하하하……"

안구가 길게 여자들을 소개하자 소향이가 조롱하듯 한마디 했다.

"사또 기생 고르듯 하네."

왕동을 위해 말을 길게 했으니, 왕동을 사또에 빗댄 말이었다.

"오입쟁이 늘어나면 백수 건달이 되고, 백수 건달이 배 곯으면 포주가 된답디다."

"포주의 유래가 되게 깊구만."

안구가 소향을 칭찬하자, 소향은 안구를 흘겨보았다. 이를 본 왕동이 속으로 생각하였다.

'저 따위년에게 미쳐서 헤어나오지를 못하다니…… 저년의 어디가 좋아서 대장 형님이 빠진 것일까?'

그 때 안구가 왕동의 어깨를 툭 쳤다.

"자네 무슨 생각을 그리하나?"

"바로 네 어미를 생각하고 있었다."

"자네도 쌍소리가 늘었나 보네그려."

안구가 능글거렸다. 왕동이는 소향이를 뚫어져라 바라보며 꺽정이 도대체 어디에 빠졌는지 탐색하기에 여념이 없었다.

'그러면 그렇지.'

왕동이는 무릎을 탁 쳤다. 소향이의 눈 속 흰자위와 까만자위 사이에 참깨알만한 노란 빛깔의 점을 하나 엿보았다.

'저 노란자위가 사람을 뇌살하는 법이니, 저것 속에 남자들을 꼼짝 못하게 하는 신기한 기운이 숨어 있어.'

왕동이는 그 노란 점을 똑바로 쳐다보았다. 그러자 소향이도 자기를 빤히 쳐다보는 왕동이를 기분나쁘게 생각하고 마주 흘겨보았다.

'내가 한양 온 이유를 저년도 아마 짐작하고 있을 거야. 경을 칠 년 같으니라고……'

소향이만 노려보고 있는 왕동이를 보고 안구는 멋도 모르고 충고를 했다.

"자네도 누구처럼 윤기 흐르는 여자만 좋아하는 모양인데 그 기생은 안 되네. 이미 임자가 있어."

"미친 자식 눈에는 미친 것만 보인다더니."

왕동이가 안구를 향해 퉁명스럽게 쏘아붙였다.

"욕이란 본래 하는 사람의 마음 속에서부터 싹이 트는

법이지요."

소향이가 말참견을 하자 왕동이는 다시 소향이를 기분 나쁘게 생각했다.

"욕도 잘 먹으면 꿀과 같이 달기도 하지."

이번엔 강삼월이가 되받았다.

"자네 단맛 좀 보려나?"

안구가 강삼월에게 말했다.

"나는 싫어요."

"욕의 단맛을 알 정도면 빠는 단맛도 알 터인데."

"빨다니요?"

"아, 단것이 남자 몸에도 있잖은가."

"원, 세상에 욕이 달다고 하다가 빨라고 하다가 헷갈려서 살겠나."

"기생들은 빠는데 이골이 났다면서."

안구가 지지 않고 한마디 쏘자, 이번엔 소향이가 나섰다.

"뭐, 똥갠가 빨게."

"빨면 기운이 없어진답니다."

"알기도 많이 아는군."

"알아서가 아니라 빨아 보아서 알겠지."

중구난방으로 제각각 떠들고 나자 술이 파장에 가까웠다.

"오늘 저녁 우리 집에 오시겠어요?"

소향이가 꺽정을 보고 물었다.

"……"

"오시는 것으로 알고 밤참을 지어 놓을게요."

눈을 홀기듯하면서 애교있게 찡그리는 소향에게 꺽정은 고개를 끄덕였다.

그것을 본 왕동이는 '미치기는 정말 미쳤구만' 하면서 혀를 찼다.

소향이 집으로 간다고 약속한 꺽정이도 입장이 난처했다. 왕동이는 왕동이대로 할 말이 남아 기다리고 있었기 때문이었다.

"저는 이 밤으로 떠나야겠습니다."

"지금 이 시간에 어디를 간다는 것이냐?"

아까 꾸짖을 때와는 딴판으로 음성이 부드러워졌다. 그리고는 왕동이의 부어오른 뺨을 보고는 미안한 듯 묻기까지 했다.

"뺨이 아프지 않았느냐?"

왕동이는 꺽정의 작은 관심에도 코끝이 시큰해지는 것을 느꼈다.

'아무리 형님이 계집에게 홀렸어도 산식구들을 생각하는 의리가 있기는 있구나.'

라는 생각이 들자 빨리 두령들의 말을 전해야겠다는 조바심이 일었다.

"제가 이 곳에 올 때 이룡 형님이 언제 올 것인지 날짜라도 꼭 받아오라고 신신당부를 하셨습니다. 그러니 날짜만이라도 말씀해 주십시오."

"이놈아, 내가 너희에게 매여 지내는 사람이냐!"

꺽정이 조금 전과는 또 딴판으로 불호령을 내렸다. 왕

동은 내친김에 할 말을 다하기로 마음먹었다.

"산식구들이 모두 한양으로 살러 오거나, 그렇지 않으면 모두 사방으로 뿔뿔이 흩어지거나 양단간에 결정을 해야겠다고들 야단입니다."

"뭐라고?"

꺽정이 크게 놀라 흰자위 많은 눈을 부릅 떴다.

"사생동고하겠다던 놈들이 겨우 그 따위 말밖에 못한단 말이냐."

"제일 큰소리로 사생동고하겠다고 말씀하신 분이 이렇게 주저앉아 계신 것을요."

"뭐야?"

"하여튼 형님에게 할 말은 다했으니 저는 가겠어요."

왕동이가 일어서자 안구가 붙들었다.

"이 사람아, 인경치는 소리가 곧 날 텐데 성문 담을 넘겠다는 것인가?"

"월담을 해서라도 가야겠네. 앞으로 다시는 오지 않겠네."

그 때였다. 멀리서 쇠북치는 소리가 들렸다.

"이, 이게 무슨 소린가?"

"그게 바로 파루(破漏)치는 소리야. 차라리 잘 됐네. 우리 기생 맛이나 함께 보세나."

"나는 싫어."

"싫고 좋고가 어딨나. 우리 한번 한방에서 둘이 해보세."

"우리가 개냐?"

"개보다 더한 게 사람 아닌가?"

"그건 또 무슨 말인가?"

"다른 짐승들이야 교미 기간이 있지만 사람들이야 어디 그런 게 있나? 그저 낮이고 밤이고 엎드리고 올라가고 뒤집어지고 하니 더할 수밖에."

"허 참."

"이제 파루를 쳤으니 못가네. 여유있게 내 시나 한수 들어보게나."

불열불한이월천 (不熱不寒二月天)
일처일첩양비련 (一妻一妾兩臂連)
동변미료서변촉 (東邊未了西邊促)
수촌주룡욕양연 (數寸朱龍浴兩淵)

춥지도 덥지도 않은 이월 달 푸른 하늘 아래
한 처와 한 첩이 두 팔에 늘어 누웠도다
동쪽 갓을 마치지 않았는데 서쪽 갓에서 재촉을 하니
두어치나 되는 붉은 용 한 마리가 두 푸른 못에서 헤엄을 치도다

안구의 해석이 끝나자 왕동이가 처음으로 크게 웃어제꼈다.

꺽정이 소향이 집 부근에 이르자 벌써 소향이의 집에서는 밤참을 짓는지 연기가 피어 오르고 있었다.

"어흠…… 어흠……"

헛기침을 두어 번 하자 소향이가 버선발로 뛰어나와 꺽정을 맞았다.

"아이…… 나으리."

꺽정이 방안에 들어와 사방을 휘둘러보았다. 방안의 분위기는 은근한 느낌을 줄 뿐만 아니라 휘황찬란했다. 보통 기생의 방 같지 않았다.

"오늘이 무슨 날인가?"

"한번 알아맞춰 보세요."

"무슨 날이지?"

"눈으로 보시면서도 모르시겠어요?"

"글쎄…… 꼭 첫날밤을 보내는 방 같기도 하고……"

"호호호……나으리는 귀신이셔, 첫날밤이에요."

"허, 귀여운 것. 일부러 첫날밤처럼 꾸며 놓았구만."

소향이는 마치 어린아이처럼 즐거워했다. 꺽정은 그런 소향이를 보니 우울했던 마음이 위로가 되는 것 같았다.

한동안 만나지 못한 소향이었다. 처음에 몇 달 동안은 밤마다 찾아가 질펀한 놀음을 벌렸었다. 그 후 열녀 과부가 생겨 통 찾아보지 못했다가 오늘에서야 다시 만나게 된 것이다.

이렇게 뜸하게 찾아오니 또 새로운 기분에 젖을 수가 있었다. 소향이의 정성도 그전보다 더하게 극진해진 것 같았다.

그렇지 않아도 꺽정을 몹시 따르고, 진한 정을 주던 소향이었다. 소향이의 남자 다루는 솜씨는 워낙 기술이 좋아 섬세했고 치밀하여, 꺽정이는 날마다 새로운 여자를 만나고 있다는 느낌이 들 정도였다.

오늘만 해도 신혼 첫날밤과 똑같은 분위기를 만드느라고 온갖 방치장을 해놓은 것이다. 그뿐만 아니라 숫처녀 부끄러워하듯이 새신부같은 웃음까지 지으니 그 재미와 정성이 기특하게 생각되었다.

밤이 상당히 깊어가는데 소향이는 상다리가 휘도록 주안상을 차려왔다.

"우선 술 한잔 더……"

새초롬한 붉은 입술을 슬몃 옴씰거리자, 정갈해보이는 흰 치아가 언뜻언뜻 내비쳤다.

꺽정은 두툼한 입술이 타들어가는지 연신 침을 발랐다.

"오늘 저녁은 유난히 못 견디겠군."

"무엇을요?"

아무것도 모른다는 듯이 천진한 눈망울을 깜박였다.

"바지저고리가 자꾸 팽팽해진다는 말일세."

"그렇다면 제 몸에 손을 대면 아니되겠네요?"

"그건 무슨 말인가?"

"시작도 전에 그러시면 손끝만 닿아도 바지저고리가 찢어지실 거 아니예요."

"우하하하…… 말 되는구먼."

"호호호……"

소향이의 간드러지는 웃음 소리가 꺽정의 몸 여기저기를 들쑤시는 것 같았다.

"이제부터는 나으리를 놓치지 않을 거예요."

"남자가 어디 나 하나인가."

"남자도 남자 나름이지요. 다같이 날아다닌다고 파리가 새인 건 아니잖아요."

"그럼 내가 파리인가, 새인가?"

"봉황이시지요."

"허허허…… 어쨌든 듣기는 좋군."

"하여간 이제 나으리는 제 집에서 늘 함께 하세요."

"늘 함께 있으라니, 봉황을 닭장에 가둬놓겠다는 말인가? 하하하."

"영웅호걸이시니까 제가 붙잡아 두지, 소인잡배 같으면 꿈에라도 속박할 생각을 하리까."

소향이는 아양과 진실이 뒤섞인 채로 꺽정의 마음을 푸근하게 했다. 이처럼 소향과 마주앉아 있으면 절로 술잔이 비워지게 하는 힘이 있었다.

꺽정은 분위기에 취해 불콰해진 얼굴로 소향을 바라보았다. 그저 한입에 냉큼 삼켜버리고 싶은 애물이었다. 가까이 다가앉아 우왁스러운 양손으로 엉덩이를 주물렀다.

"나으리는 몇 달 며칠을 잊고 지내시다가 이제야 갑자기 급하신 모양이지요."

"그러지 말게, 오늘따라 자네가 세상에서 제일로 보여서 그렇지."

"언제는 절색이 아니구요."

"말이라고 하나? 그런데 오늘은 내가 터질 만큼 더하다는 것이지."

소향이는 눈살을 쌩긋해 보이고는 꺽정의 무릎 위에

냉큼 올라앉았다.

꺽정의 넓은 허벅지 위에 소향의 앙증맞은 엉덩이가 닿자, 꺽정은 아기 엉덩이 다루듯 비비기도 하고 두들기기도 하였다.

"아이, 나으리도……"

"올록볼록한 것이 손맛을 더하는구나."

"이런 비법은 어디서 배우셨어요?"

아담한 엉덩이를 이리저리 뒤틀며 꺽정의 목을 휘감았다.

"배우긴 어디서 배워? 예전부터 알고 있었지."

"혹시 열녀 과분지 뭔지 한테 배우신 게 아니구요?"

"그 과부는 처녀 과부였는데 알긴 무얼 알겠는가. 내가 좋은 기술을 다 가르쳐 주었지."

"흔한하고 별스러운 것도 가르치셨나요?"

"허어, 못하는 소리가 없어. 그거야 자연히 알게 되는 게 아닌가."

"오늘 밤 과부에게 가르쳐 주신 것 말고도 좋은 게 남아있으면 저에게도 가르쳐 주시는 거죠?"

"암, 가르쳐 주고말고……"

"그만 불 끌까요?"

소향이 꺽정의 귓볼을 간지럽히며 물었다.

"급한 사람은 내가 아니고 소향이 너로구나."

꺽정이 놀리자, 소향이도 무엇에 들킨 사람처럼 꺽정의 가슴을 꼬집었다.

"불을 끈다고 제가 나리를 잡아먹나요? 아이 참."

소향이 허둥지둥 부끄러워하자 꺽정이 너털웃음을 터뜨렸다.

"이렇게 귀여운 년이 있나, 하하하."

소향은 그 때서야 천천히 아래 위의 치마저고리를 벗기 시작했다. 달빛이 창밖으로 들어와 한꺼풀씩 나풀나풀 벗겨지는 저고리들을 몽롱한 빛으로 물들였다. 고요한 흰 빛이 소향의 얼굴을 투명하게 비추었다.

사방은 조용한데 옷벗는 소리만이 꺽정의 가슴을 쿵쿵 울렸다. 이윽고 깎아지른 위태한 계곡처럼 소향의 흰 살결이 드러났다.

소향의 매력적인 몸매가 신방의 오묘한 분위기에 조화가 되어 한층 요염하게 보였다. 꺽정이 소향의 하얀 목덜미를 천천히 쓰다듬었다. 새신부가 첫발자국을 두려워하듯 몸을 부르르 떨었다.

꺽정이 온김을 소향의 귓속에 몰아 넣자 소향의 입에서 낮은 탄성이 흘러나왔다.

"나으리……"

소향의 손끝이 꺽정의 등에 박혔다. 눈을 지그시 감고 달빛을 받은 소향의 얼굴이 세상에서는 본 적이 없는 신비한 영물처럼 보였다.

여유있던 꺽정의 입이 점점 바빠지기 시작했다. 꺽정의 손길에 맞춰 소향의 몸도 능숙하게 자세를 달리하였다.

두 사람은 이심전심으로 정점을 향해 무아지경으로 빠져들기 시작했다. 겉으로는 한 마리의 정숙한 암사슴이었지만 쏟아내는 열정은 구곡간장을 몰아치는 폭포와 같은 몸놀림이었다.

이윽고 소향의 소담스런 아랫배에서 태산과 같은 풍랑이 요동치기 시작했다. 고르게 뻗어있는 다리 사이로 구곡폭포가 휘몰아치기도 했다.

얼마나 지났을까. 소향이 온몸으로 방울방울 흰 포말을 쏟아낼 때 꺽정은 깎아지른 벼랑에서 땅을 박차고 하늘로 비상했다. 뭉게뭉게 피어나는 흰 구름 사이로 허청허청 걷고 있었다.

두 사람의 자지러지던 호흡이 잔잔한 바다 물결로 되돌아왔을 때, 따뜻한 훈풍이 소향의 귓속을 간지럽혔다. 어느덧 소근거리는 사랑의 밀어가 시작된 것이다.

"자네도 타고 난 것 같으이."

"저는 나으리한테 비할 수 없죠."

"내 밑이 아주 산산이 부서지는 줄 알았네."

"저는 온 천지가 내 몸 속에 들어와 무너지는 줄 알았죠."

"둘이 힘을 합하면 천지도 개벽시키겠구먼, 하하하."

고요하고 아늑한 밤이었다.

소향이 꺽정의 가슴에 손을 얹고 이런저런 장난을 하면서 졸랐다.

"나으리, 빨리 재미난 얘기 해주세요."

"이 밤이 아까운가 보구만."

"그럼요, 나으리가 잠들면 너무 아쉽잖아요."

"그럴 리가 있나, 산해진미를 앞에 두고……"

"아이…… 어서 해 주세요."

소향의 방에는 이제 꺽정의 낮은 음성만이 새어나올 뿐이었다.

"자네 어머니가 쌍놈이랬지?"

"네에? 어머님이 손(孫)씨인 것은 알지만 쌍놈이란 말은 처음인데요?"

"그 손(孫)씨의 유래를 들으면 양반인지 쌍놈인지 판단이 금방 설 것이네."

"제 어머니가 쌍놈이 되는 건 싫지만 한번 해보세요."

"밀양에 박 서방이 한 놈 살았는데 아주 늙은 총각이었지. 봄날 지게를 지고 산에 나무를 하러 갔거든."

"봄이면 싱숭생숭했겠네요?"

"그렇지, 그 때 소향이가 있었으면 불쌍해서 한번 주었을텐데."

"나으리말고 누구한테 함부로 몸을 돌리나요. 기생도 절개가 있다구요."

"암…… 어쨌든 골은 깊고 나무는 물이 올라 휘영청한데, 황금 꾀꼬리 한쌍이 어울리고 있었지."

"암수가요?"

"그렇지. 그런데 쌍쌍이 어울리는 폼이 꼭 남녀의 그 노름과 비슷하단 말야. 그것을 보자 이 늙은 노총각의 하복부가 은근히 말썽을 부렸거든."

"어머나 그를 어째요."

"우리 소향이가 그 하복부를 봤으면 동정해 주었을텐데."

"아이, 자꾸 놀리실래요?"

"그래 할 수 없이 한손을 높이 쳐들어 손장난을 하였지."

"어머머, 불쌍도 하지."

"총각의 그 억센 하복부에서 용암처럼 솟아오르는 것을 바위 아래 명당터에 잘 묻어 놓았지."

"생명체이니까요."

"하기사…… 그 진국이 없으면 사람이 생길 수가 없지. 그 후로 열 달이 지나 또다시 봄이 왔거든. 그 총각이 다시 그곳에 나무를 하러 갔어. 작년에 파묻어 둔 곳에 이르자 한번 파보고 싶은 생각이 들었지."

"열 달만에요? 그러면 다 없어졌겠죠."

"돌로 짓눌러 놓은 그 자리를 쓰윽 열어보니까, 손가락만한 아이 녀석이 아장아장 걸어 나오거든."

"희한한 일이 생겼네요."

"그 모습이 하도 귀엽고 재롱스러워서 아이를 불렀지. 애야, 하고 부르니까 그 어린 것이 왜요? 하고 대답을 했다는 거야."

"어머나, 그 조그만 입으로 나불대면 얼마나 신통하게 보였겠어요."

"그래서 그 총각이 말했지. '애야! 네 성이 밀양 박씨인 것을 아느냐?'고."

"그렇죠. 그 총각이 박씨니까."

"그러자 아이가 머리를 살레살레 흔들며 한다는 말이 '밀양 박 서방은 아니고 자기는 본시 쌍놈의 아들인데

성이 손(手)씨'라고 말했다는 게야."

"호호호…… 손으로 만들었으니까 손(孫)씨가 맞네요."

"자네 어머니가 손씨라니 문득 그 생각이 났네."

"은근히 남의 어머님을 욕하시는군요."

"남의 좋은 얘기를 다 듣고는 웬 짜증인가?"

"그럼, 딱 하나만 더 해줘요. 용서할테니."

"얘기보다 자네 몸이나 한바탕 더 주물러야겠네."

"천년 만년 주무르실 것을 하룻밤에 다 하실려구요?"

"사내 욕심은 원래 끝이 없는 거라네."

"사실 여자의 욕심도 사내 못지 않다는 거 모르세요? 다만 좀 분별해서 즐길 줄 안다는 거지요."

"너도 나 못지 않게 아주 색골(色骨)이겠구나."

"저뿐만 아니라 세상에서 색 싫단 사람은 한 명도 보지 못한걸요."

"좋아, 색 좋아했던 얘기를 하나만 더 해주지."

"색 밝히는 얘기라면 재미있겠는데요."

"몽고놈들이 우리를 침범하기 전에는 여인들의 속옷이 원래 통바지는 아니었지."

"그래요?"

"뻔하지 않은가. 몽고 오랑캐가 삼십 년간 침입을 하는 동안 길에서나 숲 속에서 여인들이 눈뜨고 겁간을 당했지. 그러던 여인들이 자기 몸을 보호하기 위해 열었던 문을 닫았지. 그게 바로 통바지였어."

"속옷에도 사연이 다 있네요."

"이건 몽고 침입 이전 얘기야. 우리 여인들이 속옷의 구멍을 함부로 열어놓고 다니던 때였지. 어느 한 여인이 산모퉁이 후미진 곳에 다다르자 목이 말랐던 게야. 그런데 마침 주위를 둘러보니 큰 바위 사이에서 맑은 석수가 용솟음치고 있었지."

"마침 잘 됐군요."

"그래, 황급히 머리를 샘물에 들이박고 그 시원한 물을 벌컥벌컥 들이마시고 있었어. 고개를 숙이니까 당연히 둥그런 엉덩이가 하늘로 솟았겠지. 그 때 마침 그 광경을 넋놓고 바라보는 사내가 있었지."

"꼭 나으리 같은 분이네요. 호호호……"

"허허허…… 그 여인을 가만히 바라보니 치마 뒤쪽으로 속옷의 문이 확 틔어 있거든. 그러면 무엇이 보이겠나. 바로 구중궁궐로 통하는 비밀스런 문이 꽃길처럼 환하게 엿보였지."

"꽃길이라구요?"

"암, 황홀한 꽃길이었지. 남자가 화끈 달아올라 여자의 엉덩이로 바짝 다가갔겠다. 사내가 화끈 달아오른 물건을 꽃길로 들여 보냈지."

"어머나, 세상에 그 여자가 가만히 있었나요?"

"그게 묘하단 말이야."

"뭐가 묘해요?"

"사내가 꽃길을 사정없이 휘젓는데도 여인은 아주 천천히 물을 다 마시고 일어났거든."

"사내의 얼굴을 보았겠네요?"

"사내는 이미 일을 다 끝내고 어디론지 바람같이 사라진 뒤였지."

"그런 것을 전광석화라고 해야겠군요."

"여인이 가만히 생각해 보니 그 사내가 괘씸하기 짝이 없거든. 그래서 그 이름 모를 나그네를 고을 원님께 고발해버렸지."

"물을 마실 때 결단을 내렸어야 했는데……"

"원님이 여자에게 그 사람의 집을 아느냐고 물었어. 당연히 알 턱이 없지. 또 그 사람이 간 곳을 아느냐고 했더니 역시 모를 수밖에."

"잡기가 힘들겠는데요."

"주소도 모른다, 간 곳도 모른다, 그럼 그 사람의 용모나 얼굴은 기억하고 있느냐고 물었지. 그러자, 그 여인은 엎드려 물을 마시는 동안에 뒤에서 당했기 때문에 얼굴도 알 수가 없다고 했어."

"뒤에서 할 때 여인의 머리를 붙들고 하지는 않았을 텐데……"

"원님 말이 그 말이야. 한 번만이라도 뒤를 돌아다보았다면 그 사람의 얼굴을 기억하고 있었지 않겠느냐고. 그러자 그 여인의 말이 걸작이었어."

"뭐랬어요?"

"한번 맞춰봐라."

"아이 답답해. 빨리 대답해봐요."

"앞으로는 단꿀같은 물이 나오고 뒤에서는 황홀한 꽃길을 만져주는데 그 상황에서 원님같으면 무엇을 버리고 싶었겠냐고 했다지."

"어머, 말은 되네요. 그렇다면 고발은 왜 했대요?"

"그게 바로 변소 들어갈 때 다르고 나올 때 다른 여자의 선하심 후하심 아닌가."

"호호호…… 아주 재밌네요."

무척이나 재미있는 듯 몸을 꼬면서 웃는 소향이를 보니 꺽정이도 마음이 뿌듯했다.

"너와 내가 다시 만난 것도 무슨 전생의 연분이었던 것 같구나."

"다 겁의 인연이죠……"

이야기를 좋아하는 소향은 꺽정에게 더 해달라고 졸랐다. 밤새도록 두 사람은 몸으로 마음으로 서로의 정분을 확인했다.

청상과 도끼날

하왕동이가 한양을 떠나던 날 밤, 잠이 오지 않아 몸을 뒤척이고 있었다. 그 때 안구의 집에 있다가, 열녀 과부의 집에서 계집종의 남편 노릇을 하고 있는 배돌이가 찾아왔다. 워낙 인상이 안 좋게 생겨 모두 거리를 두는 녀석이었다.

그러나 왕동이는 처음 만나는 판이라 배돌이의 이야기를 들어주었다. 배돌이는 신이 난 듯 묻지도 않은 말들을 떠들어댔다.

가짜 꺽정이 노릇하다가 진짜 꺽정이에게 혼난 일, 한양 와서 조 정승 딸 업어오던 일, 종실녀에게 장가가던

이야기까지 쉬지 않고 늘어놓았다.

"그게 정말이냐?"

왕동이는 의심은 하고 있었지만 구체적인 얘기를 듣자 믿기지가 않았다.

"정말이다 뿐입니까. 종실녀는 두 달 전에 낙태를 했는데 그 뒤탈로 앓고 있나 봅니다. 조 정승 딸은 사실은 제가 업고온 셈인데 선생님께서 가로채셨고, 열녀 과부로 말씀드리더라도 어디 내가 그 집 비부(婢夫)쟁이 밖에 안되겠습니까요. 조 정승 딸은 워낙 양반집 딸이기도 하지만 인품도 좋아 선생님께 제일 우대를 받습죠. 이제 선생님께서 천복산으로 돌아가시면 남은 식구들 뒷수습을 부탁할텐데 정말 난감합니다요."

배돌이 유들유들하고 뱃심좋게 까발리는 바람에 하왕동이는 꺽정의 모든 난봉짓을 미주알고주알 다 알게 되었다.

그래도 한 가지 궁금한 것은 소향이라는 기생에 대한 얘기였다.

"그밖에 또 없느냐?"

"또 한 년 있구만요. 소향인가 기생년입죠."

"기생년하고도 좋아지내시더냐?"

"아, 말도 마십시오. 그 집에만 갔다오면 멍해지시는 것 같더라구요."

"그밖에는 또 없느냐?"

"내가 알기엔 그뿐입죠. 어디 저모르게 다니신 데까지 제가 알 수 있나요."

"네가 거짓말은 안 하겠지?"

"거짓말 할 리가 있겠습니까."

"네가 원래 거짓말꾼이라면서? 청석골에도 네 소문은 자자하다."

"별말씀 다하십니다."

"오늘 한 말이 만일 거짓말일 때는 네 아가리를 도끼로 산산히 부셔 놓을 줄 알아라."

"하늘을 두고 맹세하겠습니다요."

배돌이는 사실 꺽정이가 빨리 한양 계집들을 다 버리고, 천복산으로 가버렸으면 얼마나 좋을까 하고 기대하고 있었다.

왕동이는 배돌이의 간사스러운 마음씨가 환히 들여다보였다.

죽일 놈으로 생각되었지만 꺽정이에 대한 중요한 정보를 얻었으니 조용히 그를 돌려보냈다. 배돌이가 돌아간 후에도 더욱 잠이 오지 않아 우두커니 앉아 있었다.

"왕동아! 이놈아 벌써 자느냐!"

술이 잔뜩 취한 안구가 고함을 치며 들이닥쳤다.

꺽정은 아주 소식이 없고 안구만 오자 왕동은 아무 대답도 하지 않았다.

"이놈아 뒈졌느냐? 어른이 부르시는 소리도 못 듣고 자빠져 있게."

안구가 문을 빠끔이 열어 들여다보고는,

'먼길을 오느라 잠이 깊이 들었군.'

하고 생각했다. 농담을 멈추고 돌아서려는데 문이 벌컥

열리면서 왕동이가 한마디했다.

"그놈, 술은 되게 처먹었네."

"어른께서 약주 한잔 하셨다."

"잡아 죽일 놈…… 형님은 어디 계시냐?"

"소향이 가랭이 밑에서 누워계시다. 어떠냐 이놈아. 너도 생각 있으면 하나 모셔다 주랴?"

"기집애 밑썻개나 할 놈아. 형님이 도대체 한양에서 하시는 일이 뭐냐?"

"술 생기면 술 마시고, 밥 생기면 밥 먹고…… 또 계집 생기면 계집 후리는 일 하신다. 이 내시같은 놈아."

"그것을 모두 네가 중신했지?"

"그런 말은 누가 하던?"

"누가 하긴, 천복산에는 귀도 눈도 없다더냐? 종실녀는 뭐고 조 정승 딸은 뭐고 열녀 과부는 또 뭐냐?"

"꼬치꼬치 말 안 해줘도 모조리 꿰고 있구나."

"산식구들이 모두 천안통(天眼通)을 하는 것을 모르냐?"

"우하하하. 제법 말 힘이 늘었네."

"웃지 마라. 속 뒤집어진다."

"웃지 않은 인생이 얼마나 삭막한 줄 아나? 인생 백년에 걱정 없이 웃는 날이 며칠이나 된다고 그러는가. 웃고 지내세."

"그만 가거라. 난 첫새벽에 떠날란다."

"선생님께서 하시는 말씀이 이번엔 한양을 아주 버리고 너희들 도적놈들 소굴로 다시 갈 모양이더라."

"정말이냐?"

"한양을 아주 버리다니…… 계집들도 버리신다더냐?"

"그럼. 한둘도 아니고 어떻게 다 데려가겠나."

"이제 다 알았네. 일찍 널 보지 못하고 갈테니 그리 알아."

왕동은 안구가 간 후에 잠이 오지 않아 거의 뜬 눈으로 밤을 세웠다.

왕동은 파루도 치기 전에 누구에게 온다 간다 말도 없이 동소문 쪽으로 향하였다. 어찌나 걸음이 빠른지 무슨 허깨비가 휘청휘청 걸어가는 것만 같았다.

창덕궁 옆담을 끼고 막돌아서려는데 갑자기 고함 소리가 나더니 포교 대여섯 명이 한꺼번에 달려들었다.

"이놈아! 오라를 받아라."

왕동은 '아차 아직 파루를 치기 전이지. 이놈들과 한판 붙을까, 도망갈까?' 순간적으로 생각하더니 삼십육계가 상책인 것같아 달음질치기 시작했다.

"이놈들아 엿먹어라! 어디 따라와 봐라."

뒤따라가던 포교들은 이상한 생각이 들었다. 보통 걸음으로 걸어가는 것 같은데 저 정도의 도망이라면 만일 저놈이 뛴다면 얼마나 빠르겠나 싶었기 때문이었다.

"아마도 귀신에게 홀린 모양일세그려."

"분명 사람은 아닌 모양인데, 꼭 사람 모양으로 도망을 가니 희한한 일 아닌가."

"다른 순찰도는 포교들을 모두 모으세."

포교들이 사람인지 귀신인지 헷갈려 하면서, 십여 명

의 포교들을 모아 포위망을 좁히기 시작했다.

왕동은 '저놈들이 날 기어이 잡으려고 하는 모양인데 이거 어쩌지……' 속으로 이런 걱정을 하고 있을 때 포교들이 소리쳤다.

"여기 있다. 사방을 둘러싸라."

왕동은 휘익 몸을 날려 집 담을 넘어 지붕으로 올라섰다.

기와장 서너 개씩을 포개어 두 손에 쥐고, 뒤따라오던 포교 두어 명의 면상을 벼락처럼 후려쳤다.

"어이쿠!"

순식간에 서너 명의 포교가 쓰러졌다.

이틈을 타서 한번 더 이웃집 담 너머로 뛰었다.

뿌지직! 뿌직!

기와장 부서지는 소리가 요란했다. 쏜살같이 대여섯 집의 지붕을 건너 뛰었다. 포교들은 부상당한 동료를 둘러메고 추격을 포기한 채 흩어졌다.

땀이 흥건히 밴 왕동은 어느 큰 집 지붕 위에 장승처럼 우뚝 서 있었다.

'파루치기에는 아직 멀었고 어디로 가야 하나.'

사방을 둘러보아도 지붕과 지붕들의 연속이었다. 땀이 식어가자 으스스한 추위까지 몸으로 스며들었다.

"제기랄, 날이나 밝거든 떠나올걸."

혼자 투덜거렸지만 이제는 아무 소용이 없었다.

그 때, 그 집 안방에서 여인의 이상한 울음 소리가 들려 왔다. 온 몸에 소름이 오싹 끼칠 정도였다. 밤중도 아닌 새벽의 어둠 속에서 들려 오는 괴이한 여인의 울음 소리는 실로 처절했다.

"대체 무슨 여인이 이렇게 큰집에서 홀로 울고 있는 것일까?"

왕동은 섬뜩하였지만 그 보다는 호기심이 더 컸다.

여인의 처량한 울음은 한 시간여를 넘어가도 그칠 줄을 몰랐다. 왕동은 슬금슬금 지붕을 기어내려가기 시작했다.

열두 칸 대청마루가 있는 큰 집이었다. 우선 뒤꼍에 사뿐히 뛰어내렸다. 금세 울음 소리가 그쳤고 방안의 휘황한 촛불만이 밖으로 새어나왔다.

왕동은 숨 소리를 죽였다. 방안의 동정을 살폈다. 여자의 울음 소리와 함께 분명 넋두리까지 겹쳐 있었다.

"애고, 애고, 여보 서방님. 저를 두고 어딜 갔소. 당신 홀로 어딜 떠나갔소."

왕동은 서방이 그리운 계집이라고 생각했다. 그런데 갑자기 방안이 잠잠해졌다. 이상하게 생각한 왕동은 안방문 틈으로 구멍을 내어 안을 들여다보았다.

여인은 소복 단장을 한 청상 과부였다. 하이얀 얼굴, 눈두덩이가 부을 만큼 울어서인지 얼굴이 파리해 보였다. 눈매가 고왔고 검은 머리가 꽤 매력적인 계집이었다. 나이는 스물여덟이나 아홉쯤 되었을까? 한창 사내를 알 만한 나이였다.

방안을 엿보던 왕동이의 눈이 갑자기 휘둥그래졌다. 방안에서 야릇한 풍경이 연출되었기 때문이었다.

기막힌 일이 벌어지고 있었다. 조금 전까지만 해도 애절하게 울던 여인이 지쳤는지 옷을 훌훌 벗어던지는 게 아닌가. 그것도 실오라기 하나 남기지 않고 아래 위 모두를.

왕동은 이게 무슨 희한한 일인가 하면서도 여자의 몸에서 눈을 떼지 못했다.

그뿐이 아니었다. 여인이 벽장으로 걸어가자 무르익은 젖가슴이 출렁대었다. 여인이 벽장에서 무엇인가를 꺼냈다. 이상한 물건이었다.

그것은 검은 빛이 나는 가지같은 길쭉한 물건이었다. 여인은 그 물건에 입을 맞추더니 조심스럽게 어루만졌다. 그러더니 다시 흐느끼기 시작했다.

'혹시 저것이 바로 그건가? 그럴지도 모르지.'

왕동은 방안을 더욱 힘있게 쏘아보았다. 한참 흐느끼던 여인은 그 물건을 가지고 이번에는 요사스런 웃음을 터뜨렸다.

"호호호…… 호호호."

왕동은 '저년이 미쳤나?'라고 생각했다.

그런데 이것은 또 무엇이란 말인가. 왕동이의 호흡이 거칠어지기 시작했다.

여인은 그 물건을 하복부에 대고 문지르기 시작했다. 눈이 동그래진 왕동은 손에 땀이 났다. 여인의 다리는 점점 벌어지고 턱은 하늘을 향해 올라갔다. 시원한 목덜미가 드러나더니 여인도 마른침을 삼켰다.

여인은 점점 더 세차게 문질러 대면서 거친 신음을 토

해냈다.

"으하…… 하…… 으으……"

왕동은 처음에 어쩔 줄을 모르고 당황했으나 이내 생각이 달라졌다.

'젊은 여인이 저렇게까지 사내를 그리워하는데, 몸뚱이 붙은 이 검은 물건을 빌려주어야겠다.'

왕동이는 자신의 물건을 소중하게 문질렀다.

그리고 또 '만일 여인이 반항하면 창피한데…… 아냐 저 상태에서 반항할 리가 없지'라고 생각했다.

왕동은 눈을 질끈 감고 방안으로 뛰어들었다. 신음을 토하던 여인은 놀랐는지 벌거벗은 채로 요 위에 벌러덩 누워 버렸다. 그리고는 눈을 희멀거니 뜨고 왕동이를 바라보았다.

"귀신인가, 사람인가?"

두 사람 모두 느끼는 의심이었다.

"나는 귀신이 아니오. 분명히 사람이오."

묻지도 않은 말을 대뜸하고는 여인의 몸을 부드럽게 껴안았다. 여인은 떨고 있었다.

"……"

여인은 무슨 말을 하려고 입을 달싹거려 보았지만 도무지 입이 떨어지지 않았다.

왕동은 방안을 휘휘 둘러보았다. 방안의 가구는 하나같이 으리으리했다.

왕동은 바깥에서 여인만을 보았다가, 방안을 보고는 그 품위에 오히려 기가 눌려 조심스러웠다. 발작적으로 일어서 있던 검은 물건이 순식간에 오그라들었다. 그런 자신을 누군가 '산에서 사는 촌놈'이라고 놀릴 것만 같았다.

왕동은 자신감을 찾기 위해 여인의 몸 구석구석을 야릇한 흥분으로 쳐다보았다. 이렇게 예쁜 여자가 이 시간에 왜 흐느껴 울어야 했는지 안타까웠다. 요염하도록 고운 여인을 한쪽 팔로 안고는 한 입에 촛불을 꺼버렸다.

촛불이 꺼지는 순간, 여인은 지그시 감았던 눈을 뜨고 왕동을 바라보았다.

"누구……"

아직도 입술만 달싹달싹할 뿐이었다. 방안이 어두워지자 왕동은 팔에 안겨 있는 여인만이 살아 있을 뿐 아무것도 거리낄 것이 없게 되었다. 어둠이 현란한 색정을 불러일으킨 것이다.

그는 아랫도리가 꿈틀꿈틀하자 여인의 갸냘픈 허리를 힘주어 껴안았다. 여인도 어둠을 기다렸다는 듯 왕동의 단단한 몸을 대담하게 받아들였다.

두 사람은 남녀간에 할 수 있는 모든 체위를 동원해 질탕한 땀을 흠뻑 흘렸다.

왕동의 아내는 아름답기로 유명한 여자였다. 그래서 왕동이는 좀처럼 다른 여자에게 한눈을 팔지 않았다.

그런데 새로 만난 이 여인도 자신의 아내 못지 않게 살결이 희고 매끄러웠다.

왕동은 자신이 여자복이 많은 남자라고 생각했다. 여인은 이마에 땀방울을 손으로 씻으며 나지막한 소리로 소곤거렸다.

"날이 밝아와요."

날이 밝아오니 빨리 가라는 뜻인지, 어서 일어나라는 뜻인지, 왕동은 갈피를 잡을 수 없었다.

"날이 밝으면 어떻다는 것인가?"

"종들이 깨요."

"종들이 깨면 거북한가?"

"거북할 건 없지만……"

여인이 부끄럽게 고개를 숙였다.

창밖이 희끄무레하게 밝아왔다. 사물들이 하나씩 눈에 들어오자 왕동은 갑자기 천복산 생각이 났다. 떠나야 할 사람이 이 무슨 짓인가 싶었다.

어슴푸레한 이불 속에서 보이는 여인의 전라(全裸)는 흰 구슬 그대로였다. 그 흰 구슬은 아직 주인을 만나지 못했을 뿐이었다. 영롱한 빛을 찾아주는 것은 주인하기 나름이었다. 청포도같이 토실토실한 피부는 누르면 그냥 터질 것만 같았다.

왕동은 다시 여인을 으스러져라 껴안았다. 여인도 뜨거운 포옹을 기다리고 있었다는 듯 왕동의 허리가 휘도록 끌어당겼다. 오랫동안 굶주린 사람이 음식을 탐내는 듯한 포옹이었다.

"이름이 뭐요?"

"보옥이라고 해요."

"보물 보자와 구슬 옥자라……"

이 정도의 여자면 보기 드문 보물급에 속했다.

보옥을 품고 누웠으니 이 세상에 아무것도 바랄 것이
없다고 생각했다.

"이 집은 대체 누구의 집이오?"

"천천히 아세요."

"무척이나 궁금해서 그러오."

"내 집이니 안심하세요."

여인의 집이라는 말에 왕동은 자신의 처지를 말해 주
었다.

"포교들이 날 쫓고 있소."

"그렇다면 도적인가요?"

"도적은 도적이오만……"

"……"

여인은 왕동이의 얼굴을 물끄러미 바라보더니 차근차
근 해석을 달았다.

"도적은 도적인데 좀도적은 아니란 말씀이죠?"

왕동은 여인이 이해해 주는 것같아 고개만 크게 끄덕
였다.

"여기는 내 집이고 저는 병신년에 옥에서 죽은 전 판
서의 외동딸입니다."

"남편은 죽었소?"

"부친이 돌아가신 후에 다시 남편마저 저세상으로 간
지가 벌써 삼 년째예요. 외로움을 어디에다 의지할 곳이
없었어요."

"오늘 내가 이렇게 왔지 않소."

"하늘이 당신과 같이 훌륭한 낭군을 내려 주신 것 같

아요. 이제 당신과 떨어져 혼자 살 수 없을 거예요. 비록 포교들이 당신을 쫓는다 해도 이곳은 염려 없으니 마음을 놓으세요."

이번에는 여인이 먼저 벌거벗은 왕동을 힘껏 껴안았다. 젊은 과부치고는 꽤 억센 기운이 느껴졌다.

"나는 곧 떠나야 할 사람이오."

"떠날 때 떠나더라도 우선은 저의 포로예요. 포로인 이상 저의 품을 함부로 떠날 순 없어요."

"허허허…… 이거 아주 꽉 잡혔는걸."

"본래 제가 팔자가 사납다고 해서 저의 아버지가 저를 무척 아껴 주셨지요. 하지만 아버지가 돌아가신 후부터 제 팔자가 더 험악해져만 갔어요. 아마 제가 너무 사내를 밝혀서 그런가봐요."

여인은 스스로 생각해도 슬픈 지 눈물을 떨어뜨렸다.

왕동은 이제 보옥의 남편처럼 되어버렸다. 아니 남편이었다. 하루가 또 꿀처럼 지나갔다. 밤은 여전히 달고 아쉬웠다. 밤뿐이 아니었다. 낮도 역시 마찬가지였다.

보옥이 시도 때도 없이 부르면 달려가야 했다.

"여보, 나를 좀 안아주세요."

"나를 좀…… 좋게 해주세요."

왕동이도 놀랄 정도였다.

'이건 완전히 남자와 여자가 바뀐 셈이네. 바뀌어도 정도가 있는 것이지.'

그래도 여인은 조금도 부끄러워하지 않았다. 처음 며

칠 동안은 그래도 부끄러운 곳을 이불자락으로 가리기도 했지만, 삼사 일이 지난 후부터는 남자를 유혹하기 위해서인지 아예 은밀한 곳을 그대로 내놓고도 태연했다.

"그것 좀 가리시오."

"그건 가려 무엇해요. 우리 한번 씨름이나 할까요?"

여인은 오히려 은밀한 곳을 더욱 교태롭게 꼬기까지 하며 태연히 유혹할 정도였다.

여인의 정력은 끝이 안 보였다. 왕동의 것이 닳아 없어지는 물건이었다면 이미 새까맣게 타서 없어졌을 것이었다.

'이러다가 이 곳에서 아예 죽는 것이 아닐까?'

왕동이는 그런 생각도 들었다. 그러나 여인의 유혹이 도망칠 정도로 싫은 것도 아니었다.

왕동은 흥분된 나날을 벌써 열흘이나 보냈다. 워낙 기운이 좋고 원기가 왕성한 그였지만 지난 열흘 동안에 점점 해골처럼 변해가는 것을 느꼈다.

어느 날 자신의 기진맥진해진 몸뚱이를 가만히 살펴보니, 튼튼하고 윤기 있었던 몸은 찾아볼 수가 없었다. 그런 그와는 반대로 여인은 아쉬운 듯 한마디 하고는 혀를 찰 뿐이었다.

"꽤 튼튼해 보이더니……"

진눈깨비가 몹시 내리던 날이었다.

왕동이는 원없이 할 수 있는 육체놀음도 좋지만 천복산으로 돌아가야겠다고 결심을 했다. 마지막으로 아랫목에 누워 깊게 한숨을 자고 일어났다.

그런데 아무리 보아도 옆에서 지키고 있을 보옥이가 없어졌다. 잠시도 한 발자국을 벗어나지 않던 보옥이 아니었던가!

그는 문득 이상한 예감이 들어 후다닥 일어났다. 대청마루를 지나서 사랑방 문틈으로 안을 들여다보았다.

이게 무슨 발등을 찍는 짓이란 말인가!

여인은 전라의 몸으로 요 위에서 하늘로 다리를 치켜들고 있고 그 위에서는 웬 낯 모르는 사내놈이 힘을 쓰고 있는 것이 아닌가.

'아무리 요부기로서니 이럴 수가 있는가!'

수십 일의 풋정이라도 하루에 만리장성을 몇 번씩 쌓던 사이였지 않았는가.

머리꼭지까지 피가 거꾸로 서는 것 같았다. 당장에 부엌에 있던 큼지막한 도끼 한 자루를 쳐들고 사랑방 문을 벼락처럼 박차고 들어갔다.

"이 개쌍년 같으니라고!"

허무와 배신을 느낀 왕동의 입에서는 욕이 저절로 쏟아져 나왔다. 도끼가 번쩍 하고 공중에서 원을 그렸다.

"으헉!"

등짝 한가운데를 찍힌 사내가 나동그라졌다. 여인은 눈을 질끈 감고 애원했다.

"살려주세요."

화가 머리 끝까지 치민 왕동이 핏발 선 눈으로 노려보았다.

"이 새끼는 누구냐?"

"……"

여인은 벌벌 떨며 입을 쉽게 열지 못했다.

"누구냐니까?"

"부리고 있는…… 계집종…… 남편입니다."

"갈 데까지 갔군."

왕동이는 도끼에 흐르는 피를 씻을 생각도 않고 높이 쳐들었다.

"너도 이 도끼에 가거라!"

벌거벗은 여인은 두 손을 싹싹 빌며 애원했다.

"한번만 살려주세요."

"너같은 것은 죽어야 마땅하지만 이 도끼가 더러워지니 참겠다. 앞으로 이 따위 서방질을 하지 않고 조용히 지낼 테냐?"

"그건 묻지 말아 주세요."

그 말에 손발을 다 든 왕동이 헛웃음이 나왔다. 아무 말 없이 도끼를 던져 버리고 밖으로 나왔다.

막 대문을 열려는데 뒤에서 시퍼런 도끼를 든 보옥이 쫓아 나왔다.

"내 말 한마디만 들어라. 만약 그냥 문턱을 넘어가면 이 도끼로 너 죽고 나 죽는다!"

왕동은 어이가 없었다. 제 정신인지 발광을 한 것인지 의심이 갈 정도였다.

"그래 무슨 얘기냐?"

"하여간 안방으로 들어오너라."

"……"

왕동은 어디 한번 보자는 마음으로 여인의 뒤를 따랐다. 방문을 열고 한 발을 막 들여놓자 여인이 갑자기 달려들었다.

"윽!"

남자의 가장 소중한 부분을 틀어 쥔 것이었다. 워낙 매섭게 잡혀 속으로 뜨끔하였다.

"소원이 뭐냐?"

여인은 원망스런 눈초리로 간절히 말했다.

"가려거든 이거나 떼어놓고 가거라."

왕동이는 정말로 어이가 없어서 웃음이 터져 나왔다.

"하하하."

"난 진실로 말하는데 왜 웃는거냐?"

여인은 자존심이 상했는지 그것을 더욱 힘껏 잡아당겼다.

"이년아, 놔라!"

"……"

여인은 도무지 말이 없었다.

"놓지 못해!"

"……"

"정말 한 발길에 죽고 싶으냐!"

"차라리 죽이고 가라!"

"……"

죽이고 가라는 데는 왕동이도 할 말을 잊었다.

왕동은 여자가 인물이 좋으면 얼굴값을 한다더니 틀린 말이 아니라고 생각했다.

"네 말을 들어 줄테니 봐라."

그 말에 여자는 굳은 손을 풀었다. 그리고는 이런 와중에서도 왕동이를 이불 위로 이끌었다.

이 때였다.

"이놈아 도끼 받아라!"

아까 도끼를 빗겨맞은 비부(婢夫)가 도끼를 꼬나들고 왕동을 향해 내리쳤다. 정신이 번쩍 든 왕동은 쏜살같이 피하면서 남자의 발목을 후려쳤다.

"끄윽……"

도끼날을 안고 크게 넘어지면서 목덜미에 도끼날이 박히고 말았다.

왕동은 모든 것을 깨끗이 쓸어버리자고 작정을 했다. 사내를 밀쳐내고 도끼를 치켜올렸다.

"이번엔 네년도 저놈과 함께 가거라!"

"내가 무슨 죄가 있다고……"

그러나 채 말이 끝나기도 전에 시퍼런 도끼가 여인을 향해 내려쳐졌다. 여인은 비명을 지를 틈도 없이 방 한가운데 고꾸라지고 말았다.

왕동이는 밤이 들기를 기다려 그 집에서 빠져나와 천복산으로 향하였다. 한양에서의 끔찍한 악몽이었다.

길고 긴 하룻밤

천복산에서는 여러 두령들이 취의청에 모여앉아 의견이 분분했다.

"이거 모두 함흥차사라도니 한양차사가 되었구만."

예가가 혀를 끌끌 찼다.

"왕동이까지 이게 웬일이야."

"걸음 잘 걷는 사람이 무슨 병이라도 생겼나."

한양을 제 집 드나들 듯이 오가도 지금까지 아무런 탈이 없던 왕동이가 감감 무소식이니 걱정들이 대단하였다.

꺽정이 한 사람에게도 치인 산식구들이 왕동이까지 이 꼴이니 기가 막힐 수밖에 없었다.

"하 두령도 계집에게 미치지 않았을까요?"

"글쎄, 그거야 알 수 없지."

"한양 여자들이 무섭긴 무섭네그려. 가는 남정네들마다 날름 해쳐먹으니."

"예끼, 이 사람아. 고운 마누라를 버려두고 설마 오입을 할 수야 있을라구."

양 두령이 받아 넘겼다.

"사내들이란 정말 알 수 없는 동물이니까. 누가 알겠어요?"

애련과 혜련이 입을 모아 빈정거렸다.

"알 수 없는 동물이라니?"

오빠인 양 두령이 웃으며 다시 되물었다.

"아이 몰라요."

혜련이 눈을 흘기며 오빠에게 핀잔을 주었다. 옆에 있던 나 두령이 천연덕스럽게 남자 두령들을 돌아보고는 입술을 삐죽거렸다.

"뻔하죠 뭐, 사내들이란 그저 치마 두른 계집만 보아도 불끈거리니까요."

"우하하하…… 잘도 아는구만."

다른 두령들이 모두 웃어제꼈다. 그 중에 곽서만이 억울하다는 듯 투덜거렸다.

"제기랄, 누가 오입방아를 찧었다고 우릴 모조리 오입쟁이로 몬담."

나 두령은 꺽정일 데리러 한양 간 하 두령이 십수 일이 되어도 돌아오지 않자 화가 나 있었다. 게다가 여럿이 아무런 대책도 세우지 못하고 끙끙거리고만 있는 것이 영 못마땅하게 보였다.

하 두령을 꼭 못믿어서가 아니었다. 본래 남자가 여자란 진탕에 발을 잘못 디디면 멀쩡하던 사람도 폐인되기가 일쑤이기 때문이었다. 그래서 혹시나 하는 마음으로 근심 반 질투 반인 생각으로 짜증이 날 뿐이었다.

그러나 나 두령과 하 두령의 연애 사건을 잘 알고 있는 늙은 예가의 말에 조금은 안심이 되었다.

"딴 사람이면 몰라도 아무리 하 두령이 그런 실수를 범하려고…… 너무 걱정하지 않아도 될 터이네."

예가가 하 두령을 두둔하자 나 두령도 머리를 끄덕였다.

나 두령도 왕동이가 자신을 연모하여 없어진 자기를 삼 년이나 찾아다녔던 사실을 누구보다 잘 알고 있는 처지였다. 세상에 어떤 여자도 자기 좋다고 쫓아다니는 남자 싫어할 수 없는 게 이치였다.

특히 왕동이는 우직하고 정직하였기 때문에 삼 년이라는 세월도 가능했던 것이다.

나 두령은 나쁜 상상을 하지 않기로 마음먹었다. 부인이 남편을 못믿는다면 그 남편은 세상 어디에 가도 불신을 당하기 때문이었다.

"누가 또 한양엘 갔다 와야 되겠소."

이룡이 좌중에서 외쳤다.

"제가 다녀 오겠습니다."

큰 소리로 자청해 나선 사람은 곽서였다.

"자네는 안 되네."

예가가 딱 부러지게 거절했다. 곽서는 예가에게 볼멘 소리로 투정했다.

"왜 난 안 된다는거유?"

"입 아프니 긴 말 하지 말게."

"나도 한양 가서 실컷 계집질 좀 하고 오게 내버려 두시구랴."

크렁크렁한 목소리로 바로 눈앞에 계집이라도 있는 양 흥분하여 말했다.

"한양갔다가 포도청 신세나 지지 말고, 이 곳에 짱박혀 있는 것이 신상에 좋을 것이여."

양백석이 또한 흥분하는 곽서의 거동을 제지했다.

"흥, 누가 포도청에 잡힌대? 포교놈들 백 명이 달려들어 봐라. 내가 끄덕이나 하나."

소매를 걷어부치고 마치 소라도 때려잡을 듯 힘을 써 보였다.

"쓸데 없는 소리 그만들 해."

"……"

"이번엔 두 분 여두령들께서 대장 부인을 모시고 친히 갔다 오셔야겠소."

예가가 두 여두령에게 제안을 했다.

"여러분들이 다 좋다고 하면 갔다 오지요."

두 여두령이 승락하는 뜻을 표시했다.

그리하여 나 두령, 양 두령, 꺽정이 부인과 그 아들. 이 두령과 기 두령 등 여섯 사람이 천복산을 떠나 한양으로 향하였다.

한양에 가는 사람들의 면면을 살펴보면 마지막 고육지책인 것을 알 수 있다. 꺽정을 끌고 오기 위해 부인과 아들을 보내는 것은 말할 것도 없고, 한양 가서 감감 무소식인 하 두령의 행방을 알기 위해 나 두령이 가는 것이다.

큰 불은 불로 꺼야 한다.

이 말처럼 여자들에게 빠져 있을 줄 모르는 두 남자였다. 그 들을 잡아오기 위해 여자 셋이 총출동을 하는 셈이었다.

여섯 사람은 앞서거니 뒷서거니 하며 길을 걸었다. 두 남자 두령은 사방을 경계하며 발걸음을 옮겼다.

다른 산사람은 크게 무서울 것이 없었지만 산주인인 호랑이나 곰들의 습격은 피해야 했기 때문이었다.

원래 걸음이 느렸던 꺽정의 부인이었지만 꺽정을 만나러 가는 걸음인지라 허청허청 앞선 걸음을 했다.

그것을 본 여러 두령들이 은근히 웃음이 나왔지만 겉으로 표현할 수가 없었다.

"대장이고 소장이고 간에 첩질만 하는 놈은 그냥 두지 않겠다."

꺽정의 부인인 백손의 모친은 이를 부득부득 갈았다.

"함부로 대장을 욕하면 균율에 걸리는데……"

옆에 있던 돌쇠가 모르는 척 참견을 했다. 그 말에도 별 무신경으로 한마디 내뱉을 뿐이었다.

"균율이고 똥율이고간에……"

꺽정의 부인은 속이 상해서 견딜 수가 없는 모양이었다. 그도 그럴 것이 산 살림에서 무엇이 있겠는가. 그저 남편과 자식 새끼 바라보는 것이 여자에겐 가장 큰 낙인데.

"벌써 이게 몇 달째야."

손가락을 꼽아보니, 꺽정이 떠난 지 꼭 일곱 달 반이 지난 것이다.

"아주 첩년들 색독에 빠져버렸어."

어린 아들이 있는 앞에서도 함부로 넋두리를 했다. 독이 뻗칠 대로 뻗쳐 가슴 속에서 이글이글 타오르는 모양이었다.

"이번에도 안 내려온다면 포도청인지 뭔지 도둑놈들 잡는 데에 아주 고발을 해버려야지."

그 말이 또 우스웠는지 돌쇠가 한마디 했다.

"형님이 포도청에 잡히면 아주머니는 무사할 줄 알아요?"

"같이 죽지."

"정말요?"

"이렇게 속을 상하느니 죽는 게 차라리 낫다."

백손 어미는 돌쇠를 보고 꽥 소리를 질러 말했다.

천복산을 떠나고 하루 종일 걸었으나 사오십 리밖에 걷지 못했다.

해가 이미 저물어가고 있었다. 이들은 아직 천복산 큰 줄기를 벗어나지 못하고 어느 후미진 언덕 깊은 골짜기에 이르렀다.

"이놈들아, 게 섰거라."

난데없이 큰 호통 소리가 메아리쳤다.

"저게 웬 말뼈다귀같은 소리유?"

남장을 한 나 두령이 묻자 돌쇠가 심드렁하게 대답했다.

"아마 우리와 사촌지간인 녀석들 같은데요."

여두령들이 이상한 눈으로 눈앞에 나타난 놈들을 쏘아보았다. 여섯 명을 쭉 둘러싼 녀석들은 징글맞은 웃음을 띠고 있었다.

한 이십여 명은 족히 되고도 남는 숫자였다.

"어서 짐을 벗지 않고 무얼하느냐."

우렁찬 음성이 계곡을 뒤흔들었다.

"푸하하하……"

남자와 여자의 웃음 소리가 뒤섞여 쏟아져 나왔다. 그러나 여섯 명의 천복산 식구들은 아무 동요도 없이, 사촌지간쯤 되어보이는 도적놈들을 멀뚱히 쳐다보기만 했다.

"몽땅 귀를 먹은 놈들인가?"

산적들이 보기에는 숫적으로도 상대가 되지 않을 뿐더러, 몇 놈의 체구는 호리호리해 보여 만만하기 이를데 없어 보였다.

그런데 그런 녀석들이 뱃심좋게 그저 빙글거리고 있으니 희한한 생각이 들었다. 어둑어둑해지는 시간이어서 제깟놈들이 뛰어도 코 앞일 것인데 꿈쩍도 하지 않으니 이상할 수밖에.

여섯 사람 앞으로 한 녀석이 바짝 다가섰다.

"억!"

다가섰던 녀석이 뒷걸음질치며 땅에 납작 엎드렸다.

"천복산 두령님들을 몰라보았습니다."

그 소리를 들은 나머지 놈들도 발 아래 넙죽 엎드려 용서를 빌었다.

"죽을 때가 되어서 눈깔이 어두웠습니다."

사죄를 하는 도적들을 보고 이룡이 그들을 위로했다.

"이젠 눈이 밝아졌으니 염려들 말게나."

용서가 떨어지자 그 중에 두목인 듯한 자가 나서서 물었다.

"이렇게 날이 저물었는데 어디로 가시는 길입니까?"

"한양에 가는 길이네. 그나저나 마침 잘 곳이 마땅치 않아 걱정하고 있었는데 잘 되었구만. 오늘 하룻밤 신세를 져야겠소."

이룡의 말에 그 쪽 두목이 반색을 하며 맞이했다.

"일부로라도 두령님들을 초청할 판인데 마침 잘 되었습니다."

그는 두말 없이 일행을 데리고 자신의 소굴로 향했다.

그들은 삼거리패라는 도적의 집단이었다. 삼거리패의 두목은 박삼거리라는 위인이었다.

그는 예절은 그런대로 밝았으나 색을 워낙 밝혔다. 색으로 말미암아 살인까지 하고 도망쳐 도적이 된 위인이었다.

숲길을 한참 오르다가 골짜기를 꺾어서 왼쪽으로 돌아

가니, 제법 큰 기와집이 여러 채가 난데없이 나타났다.

"여기가 저희들이 묵는 집입니다. 누추하지만 안으로 들어가시지요."

안으로 들어가니 제법 도적질해 모은 재산이 꽤 많이 쌓여 있었다.

"벌이가 괜찮나 보군."

기 두령이 쓰윽 둘러보다가 삼거리에게 칭찬 섞어 물어보았다.

"벌이가 좋긴요 뭘…… 워낙 깊은 곳이라 귀한 손님들 보기가 힘들어요."

"그래도 썩 괜찮은 벌이 같은데……"

"요전에 철원까지 애들이 나가서 한두 번 털었더니, 겨우 풀칠할 거리가 생긴 겁니다. 뭐, 저희라고 뾰족한 것이 있겠습니까."

"호오…… 고생들 하였구만."

"아무것도 없습니다만 며칠 쉬어가시면 저희에겐 영광이겠습니다."

말을 마친 박삼거리가 한 사람씩 보아가며 예의를 갖추는 시늉을 했다.

"한양으로 가는 길이 급하니 우선 하룻밤이나 신세를 지겠소."

이 두령이 여럿을 대신해서 대답했다.

"그런데 한양은 왜들 가시나요?"

"……"

일행은 순간적으로 아무 말도 하지 못했다. 명색이 산

도적들의 왕인 천복산 패거리들에다가 그 무리의 대장이 꺽정이었다. 그런 꺽정을 한양에서 오입질하고 있으니 모시러 간다고 선뜻 말이 나오겠는가.

아무런 대답이 없자 삼거리가 더욱 궁금해하는 빛이 역력했다.

"대장 모시러 가오."

기 두령이 시원스런 목소리로 대답해 주었다.

"대장께서 한양에 계십니까?"

"한양에서 첩질하고 있다오."

"푸하하하······"

박삼거리는 그 말에 웃음을 참지 못했다. 그리고는 아주 재미있어 했다.

"대장부가 한번 해봄 직한 일이긴 하지요. 암, 그렇고 말고요."

"이 양반이 누굴 놀리나?"

백손 어미가 큰눈을 부릅뜨고 박삼거리 코밑에서 외쳤다.

그러자 박삼거리도 이에 지지 않았다. 어찌 생각하면 대장이 그 모양이라 삼거리같은 놈도 허술하게 보는 것 같았다.

"본래 사내들이란 오입 기운이 농후한 법이오. 하물며 임꺽정 대장같으신 천하의 영웅호걸이 어찌 여색을 싫어할 리 있겠소."

삼거리가 제법 열을 올려 고집을 부렸다. 그러자 백손 어미도 뒤집어진 속 화풀이라도 하려는 양 씩씩댔다.

다른 사람들은 꺽정을 두둔하는 삼거리에게 잘못을 물을 수도 없어 가만히 앉아 있을 수밖에 없었다.

이쯤에 이르자 천복산 패들이 불편해했다. 그 때 마침 저녁상이 들어와 모두 허기진 배를 채웠다.

일행이 박삼거리의 산채에서 하룻밤을 자게 되었다. 박삼거리는 졸개들을 시켜 잠자리를 편하게 보아주게 했다. 그러나 정작 자신은 잠이 오지 않았다. 묘한 생각이 떠나질 않았기 때문이다.

처음 그 일행을 접했을 때는 백손 어미만 빼고 모두 남자인 것으로 알았으나 산채에 와서 보니 두 사람은 남장을 한 여자였던 것이다.

겉옷은 멀쩡한 남자였으나 입을 열면 흘러나오는 계집의 목소리는 이상한 흥분을 안겨주었던 것이다. 게다가 두 사람 모두 보기 드문 미모의 여인들이었다.

몸을 뒤척일 수록 아랫도리가 뻐근하게 차 올라 불편하기 짝이 없었다.

'사나이 한평생에 저리 고운 여자를 그냥 돌려 보낸다는 게 될 법이나 한 소리인가. 아마 평생 후회하게 될 거야……'

생긴 것도 사나운 박삼거리는 기회를 놓칠 수 없다고 결단을 내렸다. 게다가 임꺽정이도 없고 하니 이 기회에 작은 두령들을 한번 혼내주는 것도 좋을 것 같다는 생각이 번개처럼 스쳤다.

그러나 박삼거리는 그들이 일당백(一當百)의 무서운 장수들인 것은 아직 모르고 있었다. 어쩌면 하루빨리 죽을 날을 재촉하고 있는 팔자인지도 모를 일이었다.

박삼거리는 행동에 옮기기 시작했다. 한밤중이 되기를 기다려 미모의 두 여두령이 자고 있는 방으로 도둑고양이처럼 살금살금 발걸음을 옮겼다.

문을 삐긋이 열고 들어가자 두 미녀가 세상 모르고 자고 있었다. 무방비 상태로 잠을 자고 있는 모습이 잘 차려진 밥상 위의 생선이었다.

두 여두령은 오랜만에 먼 길을 걸어 완전히 곯아 떨어져 있었다. 삼거리는 먼저 나두령에게 다가갔다.

'세상에 없는 미색이로군……'

회심의 미소를 띄우고는 침을 꼴딱 삼켰다. 다시 양두령을 내려다보았다.

'경국지색이라는 말이 실감이 나는군.'

가슴에서 곰실곰실 색정이 피어올랐다.

'이제 이것들이 전부 내 것이라니…… 히히히.'

그는 가만히 미소를 흘렸다. 그리고는 먼저 양 두령의 배 위에 올라탔다.

뻐근하게 사타구니의 살집이 밀착되었다. 음미라도 하듯 지그시 눈을 감고 젖가슴을 어루만졌다. 봉긋이 솟아오른 가슴이 물오른 복숭아같이 물컹하게 잡혔다.

"으응……"

불편을 느낀 양 두령이 눈을 반쯤 떴다.

"이게 뭐야……"

박삼거리는 서릿발 같은 비수를 뽑아들고 양 두령의 목덜미에 바짝 들이대었다.

양 두령은 눈을 부릅뜨고 배 위에 올라앉은 사내를 자세히 보았다. 색욕에 젖은 징그러운 눈빛을 하고 있는 사내였다. 이 곳 두목이었다.

억센 칼끝이 목을 누르자 꼼짝할 수가 없었다. 아무리 담대한 천복산의 양 두령도 겁이 나기 시작했다. 고함을 지르려고 마음먹었으나 다부지게 마음먹고 올라 탄 놈이 칼로 무슨 짓을 할지 알 수 없었다.

기가 막혔다. 조금 떨어진 곳에 나 두령이 코까지 골며 세상 모르고 잠에 빠져 있었다.

'고함을 지를 수도 없고, 비수는 시퍼렇게 가슴을 겨누고 있고…… 이를 어쩌지?'

그 때 박삼거리가 조용하게 소근거렸다.

"쥐도 새도 모르게 하겠소. 내 평생의 소원이니 딱 한 번만 주시오. 한 번만 몸을 허락하면 언제 죽어도 좋소. 당신도 내 몸 맛을 보면 후회하지 않을 거요."

"……"

"만일 당신이 거역한다면 이 칼로 당신과 나는 한꺼번에 죽을거요."

흥분인지 진심인지 알 수는 없어도 떨리는 목소리였다. 첫눈에 반했는지 꼭 색골의 말만은 아닌 것도 같았다.

양 두령은 지그시 눈을 감고 무엇인가를 생각했다.

"나그네를 이렇게 대하는 법이 어디 있어요."

"……"

양 두령은 순간적으로 주춤하는 삼거리의 표정을 놓치

지 않았다.

"우리는 손님이고 당신은 주인인데, 같은 운명의 산사람들끼리 이래도 되는 건가요?"

조용하고 점잖게 타일렀다. 그러나 박삼거리는 그래도 참을 수 없다는 듯이 거친 호흡을 했다.

"아무리 그래도 할 수 없소. 당신의 미모가 날 이렇게 만든 거요. 이왕 죽을 각오를 했으니 조금도 두려울 것은 없소."

박삼거리의 태도는 잔머리를 돌리는 것인지, 진정으로 죽을 각오가 되어 있는 것인지 알아차리기가 힘들었다.

"그렇다면 할 수 없지. 당신과 저승에서 꿈을 이뤄야 할 것 같소."

비수를 번쩍 높이 쳐들었다.

양 두령은 이대로 죽을 수는 없었다. 그러나 이 상황을 피해나갈 방법도 마땅히 떠오르지 않았다.

박삼거리를 쳐다보니 눈에는 아직 색욕이 가시지 않은 것 같았다.

"잠깐만요……"

양 두령은 서두는 기색 없이 모든 것을 포기한 여자처럼 냉정하게 말했다.

"말해 보시오."

"당신 말대로 따르겠어요. 그렇지만 쥐도 새도 모르게 소문만 내지 마세요."

양 두령은 힘없는 눈으로 삼거리를 올려다보며 말했다. 그 말에 박삼거리는 예상하고 있었다는 듯 헤벌쭉한 웃음을 지었다.

그는 침을 꿀꺽 삼키고는 여자의 허리춤을 까내리기 시작했다. 그러나 한 손에 비수를 들고 있었기 때문에 쉽게 아래쪽이 벗겨지지 않았다.

"그렇게 불편하게 하시면 좋은 기분도 다 달아나겠어요."

양 두령이 눈을 예쁘게 흘겼다. 그 모습에 박삼거리는 완전히 감동하여 가슴이 울렁거렸다.

"그럼 직접 내리세요."

"잘 되지가 않아요. 당신이 제 가슴 위에 엎어져 있는데 쉽게 되겠어요?"

시도를 몇 번 하다가 안 되는 지 삼거리를 빤히 쳐다보았다.

"그럼 내려 앉을테니 남들 깨기 전에 빨리 하시오."

박삼거리가 옆으로 비스듬히 내려앉았다. 그 때를 놓치지 않고 양 두령이 한마디 했다.

"저기 문 밖에 무엇이……"

박삼거리가 고개를 돌려 창밖을 보았다.

바로 그 순간, 양 두령은 검술의 명수였다. 한 손으로 삼거리의 비수 든 손을 후려치고, 또 한 손으로는 떨어지는 비수를 낚아챘다.

순식간에 두 사람의 위치는 역전이 되고 말았다. 칼을 꼬나쥔 양 두령, 그 앞에 토끼눈이 되어버린 박삼거리.

"너같이 똥오줌 못가리는 놈은 본보기로라도 그냥 둘수 없다!"

미처 애원도 들을 사이 없이, 그대로 삼거리의 가슴에
는 칼이 푹 꽂혔다.

"커억……"

욕정에 끓어오르던 피가 그대로 천정에까지 솟아올랐
다. 처절한 비명 소리에 나 두령과 윗방에서 자던 여러
두령들이 모두 잠에서 깨어났다.

"대체 무슨 일이오?"

이룡이 잠에 취한 눈을 부비며 물었다.

"재수가 사나우니 별게 다 사람을 우습게 보고……"

양 두령이 중얼거리며 자초지종을 다 말했다.

"그놈이 죽을려고 환장한 놈 아닌가."

그 말을 전해 들은 박삼거리의 졸개들은 더럭 겁이 났
다. 삼거리패의 부두목인 덥석부리가 부하들을 전부 깨
워가지고 와서 천복산 식구들 앞에 무릎을 꿇었다.

"저희 두목의 죄는 사지를 찢어놓아도 마땅합니다. 이
미 죄갚음은 하셨으니 저희가 정성으로 준비한 밤참이나
드십시오."

술과 밥이 푸짐하게 날라져 왔다. 윤기가 잘잘 흐르는
흰 쌀밥과 안주로 멧돼지고기 통구이가 장작 위에서 노
릇하게 구워졌다.

피를 본 이후라 기분이 모두 컬컬해 있었다. 시장기를
제일 느끼던 이룡이 잔을 높이 쳐들었다.

"어두운 기분은 버리고 한잔씩들 쭈욱 들이킵시다."

이룡이 급하게 술잔을 입에 대는데 갑자기 양 두령이
소리쳤다.

"잠깐!"

어느새 양 두령은 긴 칼을 뽑아 들고 있었다.

"이놈들…… 꼼짝만 하면 이 칼이 울 것이다."

양 두령의 호령에 삼거리패의 졸개들이 사시나무 떨듯 하였다.

"너 먼저 이 술맛을 보아라."

술 항아리에서 한잔을 떠 덥석부리의 코 앞에 내밀자, 삽시간에 안색이 변했다. 덥석부리가 그 잔을 옆에 있던 졸개에게 넘겼다.

"너 먼저 마셔……"

삼거리패의 졸개들은 어느 누구도 먼저 마시려고 하질 않았다.

"이 쳐죽일…… 쥐새끼같은 놈들."

양 두령이 벼락같은 고함을 치고는 칼로 허공을 갈랐다. 칼이 한번 춤 출 때마다 사람의 목도 하나씩 땅에 떨어졌다.

도적들은 모조리 양 두령의 칼 아래 귀신이 되고 말았다.

"칼이 아까운 놈들이야……"

양 두령이 칼집에 칼을 꽂아 넣으며 중얼거리는데 옆에서 깨갱 하는 소리가 들렸다.

천복산 식구들이 고개를 돌리자, 그 곳에는 엎질러진 밥을 먹던 개가 피를 토하며 사지를 바둥거리고 있었다.

"죽일 놈들. 밥에까지 독약을 넣었군."

"양 두령의 공이오."

이룡이 칭찬하자 양 두령이 심드렁하게 받아들였다.

"공이고 뭐고 잠이나 실컷 잤으면 좋겠어요."

하룻밤을 거의 뜬 눈으로 새고 박삼거리의 소굴을 나와 한양으로 향했다.

사흘만에 한양에 겨우 당도하여 가는 걸음에 안구의 집을 들렀다. 마침 그 날이 안구의 부친 생일이었다.

여러 사람들이 왁자하게 술을 마시고 있었는데 그 중에는 꺽정이도 앉아 있었다.

"밖에 손님들이 오셨습니다."

하인의 말에 꺽정이는 속이 뜨끔했다. 혹시 천복산에서 몰려온 게 아닌가 하는 걱정이 들었기 때문이었다.

"어디서 왔냐고 물어보게."

한참 후에 하인이 다시 와서 여쭈었다.

"천복산에서 오셨다는데 웬 여자분들이 여럿이십니다."

꺽정은 속으로 '이크! 드디어 이것들이 한꺼번에 몰려왔구나' 하고 생각하니 마음이 어지러웠다.

그러나 술이 거나하게 취해서 한결 부담이 적게 느껴졌다.

"우선 바깥채로 안내시키게."

꺽정은 안구와 머리를 맞대고 이 상황을 어떻게 해결해야 좋을지 고심했다.

"저렇게 떼거지로 날 습격해 왔으니 이를 어쩌나?"

"제가 중간에서 다리를 잘 놓아 볼테니 너무 걱정 마

십시오."

"여편네가 워낙 드세놔서……"

갑자기 밖에서 웅성거리는 소리가 귀에 들어왔다.

"웬 소란이지?"

꺽정이 은근히 걱정되는 소리로 물었다. 나이 든 하인이 급히 뛰어들어 꺽정에게 다급하게 여쭈었다.

"나으리, 어디 잠깐이라도 숨으셔야겠습니다요."

"왜?"

"아주머니께서 너 죽고 나 죽자 하면서 칼부림을 하시려고 덤벼옵니다요."

"가만히 내버려둬라."

꺽정의 체면에 숨을 수도 없는 노릇이었다. 아무리 힘이 장사인 호걸이라도 본 마누라가 죽기로 작정하고 덤비니 별수가 생기지 않았다. 그저 눈을 지그시 감고 호흡 조절을 할 수밖에.

바깥이 더욱 소란스러워지자 안구가 황급히 밖으로 나갔다. 꺽정이 있는 방에서 안구가 나오자 백손 어미는 보이는 것이 없었다.

"이노무 새끼야, 넌 웬 놈이냐? 내 남편 내놔라."

꺽정의 부인이 악을 바락바락 쓰는데 입에서 게거품이 나올 정도였다.

"아주머니 고정하십시오."

"고정? 고정이 한 근에 몇 냥이냐, 이놈아! 씨가 먹힐 소리를 해라."

그 때 꺽정의 얼굴이 창문에 얼핏 비쳤다.

"오, 네가 여기 자빠져 있구나? 너죽고 나죽자!"

여러 하인들이 뜯어 말렸으나 막무가내였다.

"첩년들 쌍판대기 좀 보자, 이놈아! 이런 꼴을 보고 살내가 아니다."

기어이 꺽정이 있는 방에까지 쳐들어왔다.

꺽정은 어이가 없었다. 한두 사람이 모인 생일 잔치도 아니었다. 수많은 사람이 모여 있었다.

'크윽…… 이게 웬 창피란 말이냐. 저년이 환장을 안하고서야 어떻게……'

꺽정은 도저히 참을 수가 없었다.

"이년, 정말 이렇게 발악을 할테냐!"

마침내 꺽정이 입에서 고함이 터져나왔다. 그 소리가 어찌나 큰지 모인 사람들이 다 움씰 떨 정도였다.

그러나 백손 어미는 끄덕도 하지 않았다. 백손 어미가 누군가…… 꺽정을 따라 살면서 이보다 쓴맛도 수없이 견뎌 온 백전노장이 아닌가.

"죽여라! 죽여!"

"이런 배창자가 터져 죽을 년 좀 보게!"

"오냐! 이놈아, 죽여라!"

머리를 숙이고 바락바락 대드는 백손 어미를 보자 꺽정의 눈에 흰자위가 많아졌다.

"그래, 내 손에 한번 죽어봐라."

어느 틈엔가 백손 어미의 머리채가 꺽정의 손아귀에 잡히는 듯싶더니 두어 번 둔탁한 소리가 났다.

천복산 식구들이 모두 달려들어 뜯어 말렸다. 그러나

이미 꺽정의 무지막지한 손이 오간 뒤였다.

그 통에 백손 어미는 참혹한 몰골이 돼버렸다. 다리가 부러지고, 팔도 한쪽이 튕겨져 나왔다. 백손 어미는 축 늘어졌다.

아직도 화가 풀리지 않았는지 꺽정의 눈이 더 험해져 갔다.

"너희가 겨우 한다는 짓이 여편네를 몰고와 이 망신을 주는 거냐!"

"망신 줄려고 일부러 데려왔겠습니까?"

"그럼 뭐냐?"

"차라리 아주머니만 오게 하고 우리는 오지 않을 것을 그랬습니다."

천복산 식구들이 아주머니를 데리고 온 게 아니라, 그 반대였다는 뜻이었다. 이룡이 이렇게 말을 받아 넘기자 꺽정은 말문을 닫아 버렸다.

버드나무를 베어옵네, 산골을 먹이네 하여 한동안 야단법석을 떨고 나서 모두 안방 대청마루에 둘러 앉았다.

"누가 처음에 한양 오자고 했느냐?"

꺽정이 험악하게 물었다.

"내가 했소!"

당차게 대답한 사람은 다름 아닌 꺽정의 아들 백손이었다. 꺽정의 흰자위 많은 눈이 백손을 노려보았다.

"아들한테 그런 소리 들어도 싸지…… 암."

백손 어미가 부러진 다리가 아픈지 오만상을 찡그리며 말했다.

"남은 팔다리마저 부러지고 싶으냐!"

꺽정이 다시 꽥 소리를 질렀다.

"그래 어째들 왔느냐?"

"대장께서 생각을 해 보십시오."

꺽정의 야속한 물음에, 이룡이 다 알고 있지 않느냐는 투로 말했다.

"생각도 필요없다. 수일 내로 갈테니 그리들 아시오."

꺽정의 결심이 떨어지자, 나 두령이 기다렸다는 듯 물었다.

"우리 애 아버지는 어떻게 됐나요?"

안구가 의외라는 표정으로 대답해 주었다.

"떠난지 벌써 십수 일이 넘었는데…… 걸음도 빠른 놈이 아직 도착을 않다니……"

"혹시 포도청에라도 잡히지 않았을까요?"

울상이 된 나 두령이 걱정스레 의심을 했다.

"사람을 놔서 알아보리다."

이리하여 천복산 식구들은 한동안 안구의 집에 묵게 되었다.

꺽정이는 이들을 볼 때마다 네 계집과 이별을 고해야 한다는 것이 떠올랐다. 그 때마다 아, 어쩌란 말이냐? 하는 생각으로 눈앞이 캄캄해졌다.

그날 밤 꺽정은 안구의 집에서 오지 않는 잠을 억지로 청했다. 백손 어미가 시퍼런 눈으로 지키고 있는데 억지로 첩들의 집에서 자고 올 수는 없었다.

'이 무슨 팔자란 말인가.'

긴 한숨이 저절로 흘러 나왔다. 여자들을 모조리 버리고 갈 생각을 하니, 애간장이 녹는 것 같았다. 모조리 죽이고 갈까 하는 생각도 해보았다. 그러나 여자들은 자신만 바라보고 산 죄밖에 더 있는가.

여자들을 그냥 두고 가면 배돌이란 놈이 그대로 두지 않을 것 같은 생각도 들었다.

모든 일을 냉정하게 판단하여 빠르게 실행에 옮기는 것이 배짱있는 꺽정의 장점이었다. 그러나 여자와 애정 문제는 꺽정도 함부로 결단이 서지 않았다.

한밤중이 넘은 시각이었다. 꺽정은 우선 종실녀가 불쌍한 생각이 들었다. 의관을 정제하고 밖으로 나왔다. 담을 넘어 동소문 쪽으로 걸었다. 이 밤따라 포교들도 순찰을 돌지 않았다.

종실녀는 고요하게 자고 있었다. 꺽정이인 줄 알자 깜짝 놀라는 표정이었다.

"이 밤에 웬일이세요?"

"이별을 알리러 왔지."

"이별이라뇨? 어디로 가신단 말씀이세요?"

"나 가고 싶은 대로……"

낙태한 후라 핼쓱해진 얼굴이 애잔해 보였다.

"그동안 죄만 진 것 같소."

"따라 갈 거예요."

"칼산 지옥 속인데도……"

"그보다 더한 곳이래도 갈 거예요."

"고마운 말이오만……"

"안 된다는 거예요? 그러면 죽이고 가세요."

"죄없는 사람을 어떻게……"

"그럼 가지 마세요."

"그런 말 말고 우리 이별 씨름이나 한번 할까."

꺽정은 오랜만에 종실녀를 품고 마지막 인사를 대신했다. 한곳 한곳 소중하게 쓰다듬어 주었다.

종실녀는 꺽정의 전에 없던 행동에 불안감이 밀려왔다. 언제 내려왔는지 장모되는 노인이 걱정스레 물었다.

"간다, 못간다 하던데 그게 무슨 소린가?"

"영 가신다구 하세요."

딸의 힘없는 대답에 꺽정을 보고 펄펄 뛰었다. 장모까지 합세해 말리는데 도저히 이겨낼 재간이 없었다. 마침내 꺽정이는 할 수 없이 안 간다고 거짓말을 했다. 그리고는 종실녀가 잠든 틈을 타서 몰래 빠져나왔다.

이번엔 조 정승 딸에게로 발걸음을 옮겼다. 담을 훌쩍 뛰어넘어 방안으로 들어갔다.

"지금 나으리가 날 버리고 어디로인지 떠나신다길래 나도 따라간다고 싸우다가 깨었어요. 휴우……"

그 말을 듣고 꺽정은 그 신기함에 놀랬다. 꿈이었다고 안심하는 사람 앞에서 차마 말을 꺼내기가 힘들었다.

"사실은…… 아주 이별하려고……"

"네에?"

"난 원래 산사람이야…… 여기서는 살 수 없어……"

"산사람이 뭐예요?"

양반집 막내딸이 그 무시무시한 산사람들을 알 턱이 없었다.

"산에서 사는 사람이야."

"……?"

"다시 산으로 가야겠어."

"도적놈 말인가요?"

"도적도 산적도 아니고…… 의적이라고 생각해."

"산도깨비이더라도 전 따라갈래요!"

"마지막으로 한번 안아보자."

"가시면 싫어요…… 싫어……"

꺽정은 아이 울 듯하는 희옥을 한 품에 안았다.

어디서 나오는 기운인지 무서운 정력이 샘솟았다. 이런 매력적인 몸도 이젠 마지막이라 생각하니 없던 힘도 나오는 모양이었다.

한 차례 격랑이 두 사람을 휩쓸고 간 다음 꺽정이 먼저 입을 열었다.

"너만은 못 떼놓겠구나."

"정말 저를 버리지 마세요…… 만약 버리고 떠나시면 흐르는 눈물이 해마다 한강물을 넘치게 할 거예요."

꺽정의 눈을 말없이 바라보더니, 애끓는 음성으로 처량하게 노래를 불렀다.

"비갠 후 넓은 뜰 풀빛도 따사로운데
　그대를 보내노니 내 노래 슬프구나.
　대동강 푸른 물이 마를 날이 있으랴
　이별의 눈물이 해마다 푸른 물 더 하리라."

가을날 스산한 바람같은 목소리가 꺽정의 가슴을 저며 왔다. 꺽정은 코끝이 시큰해지는 것 같았다.

"그런 노래는 하지 마라. 속만 더 상한다."

"정말 가시려고요?"

"안 간다……"

"아이 좋아라."

희옥은 마치 어린아이처럼 뛰면서 좋아했다. 그것을 본 꺽정이는 차마 발걸음이 떨어지지 않았다. 그러나 담 하나 사이인 열녀 과부를 그냥 두고 떠날 수는 없었다.

꺽정은 다시 조 정승 딸의 집을 몰래 빠져나왔다. 열 녀 과부의 집 담을 소리도 없이 뛰어 넘었다.

열녀 과부는 곤하게 자고 있다가 꺽정의 발소리를 금 세 알아듣고는 먼저 문을 벙긋이 열었다.

"아이, 웬일이세요? 이 밤중에……"

"음…… 할 일이 있어서……"

"할일요? 어서 아랫목으로 오세요."

언제 보아도 싱싱한 열녀 과부였다. 괄괄하고 솔직한 맛이 매력있는 여자였다.

"이별하러 왔어."

"어디로 가시는데요?"

"산으로."

"이리로 들어오세요."

이불을 열어제치고 꺽정을 기다렸다. 열녀 과부는 언 제보아도 활발하고 자유분방했다.

"날 버리고는 못 가십니다."

"......"

"가시다가 병이 나서 도로 오실걸?"

"......"

꺽정은 아무 말도 하지 않고 있다가 조용히 과부 열녀를 안고 이불을 덮었다.

"아이 기운도 없으시면서…… 옆집에서 오셨지요?"

"아직 자네같은 사람 열 명이라도 자신있어."

이불이 거칠게 들먹거렸다. 겉에서 보면 수십 명이 발광이나 하는 듯이 들썩거렸다.

두 사람은 이심전심으로 오늘 밤의 운명을 알고 그러는 것 같았다.

이윽고, 흐르는 땀을 식히느라 이불을 열었다.

"어느 산으로 가세요?"

"천복산."

"어디예요?"

"강원도 이천에 있는 산골이야."

"아휴, 멀기도 해라."

"안 멀면 따라 올려고?"

"그럼요."

"호랑이가 있어."

"그까짓 호랑이쯤은 밤새도록 타본걸요."

"그보다도 무서운 사람 호랑이가 있어."

"오라, 부인이…… 나도 호랑이보다 더 무서운 년인데요."

"......"

열녀 과부도 잠이 들자, 꺽정은 마지막 남은 소향이에게 가기 위해 슬그머니 빠져나왔다.

소향이 집에 도착하자, 소향이는 역시 기생이라 그날 밤따라 딴 서방을 보고 있었다.

꺽정은 거침없이 문을 두드렸다. 이 밤에 저토록 문을 요란하게 두드릴 사람은 꺽정이 밖에 없다는 것을 소향은 알고 있었다. 그렇지만 벌거벗은 채로 딴 서방과 있던 탓에 소향은 놀랄 수밖에 없었다.

"이거 어쩌지. 천하의 무서운 장사가 왔으니?"

소향이가 허둥대자 다소 담력이 있던 남자도 벌벌 떨었다.

"저 쌀자루로 빨리……"

"원 참……"

"할 수 없어요."

남자가 혀를 내차며 쌀자루 속으로 들어갔다. 동시에 꺽정이 얼굴을 들이밀었다.

"어서 오세요. 밤 늦게 웬일이세요."

"이별하러 왔네."

"어디로 가시는 데요?"

"산."

"정말이세요?"

"어서 가까이 오너라. 이제 가면 또 언제 너를 안아보겠느냐."

소향이 미처 말 할 틈도 주지 않고 입술을 덮쳤다. 막 본론으로 들어가려던 꺽정이 소향의 몸이 이상한 듯 물었다.

"아랫지방에 이게 웬 홍수 상태인가?"

"봄풀은 비가 오지 않아도 항상 젖어 있지요 뭐……"

"그런가? 하하하……"

소향이 고개를 숙여 부끄러운 몸을 가렸다. 그 때 옆
에 있던 쌀자루가 움직였다.

"저건 뭐냐?"

그 때 쌀자루 안에서 말소리가 들렸다.

"쌀자루요."

쌀자루 안의 사내가 다급했는지 엉겁결에 대답을 했던
것이다.

"하하하……"

꺽정은 호쾌하게 웃고 말았다.

"저분과 인사나 하세요."

"누군데?"

"제 사람이에요."

"사내들 많아 좋겠구만. 잘 해보시게…… 난 산으로
가네."

"왜 이러세요. 저 사람은 정부가 아니에요."

"그럼, 무엇이냐."

"조카예요."

"조카하고 한방에서 자는 법이 있나?"

"조카와 자면 안 되나요?"

"……"

소향은 아무 거리낌없이 태연하게 얘기했다. 눈을 빤

히 쳐다보는 소향이를 보니 아무 관계가 없었던 것도 같
았다.

"저를 버리지 마세요."

"……"

"약속하세요."

"……"

어느새 쌀자루에서 나온 조카란 사내가 두 사람을 물
끄러미 바라보고 있었다. 조카라고 믿으며 조카같이 보
였고, 기둥서방으로 보면 뺀질하게도 보였다.

그러나 두 사람이 한방에서 아무 짓도 하지 않았는지
는 알 수 없는 노릇이었다.

"나는 가네."

"못가세요."

"훗날 다시 오지."

"흑흑……"

소향은 끝내 울음을 터뜨리고 말았다. 쉬지 않고 쏟아
지는 눈물이 방안을 흥건히 적셨다. 소향을 달래는 꺽정
의 발목에까지 눈물이 차올랐다.

종실녀도 울고, 조 정승 딸도 훌쩍이고, 열녀 과부, 소
향이까지……

여자들의 눈물들은 꺽정의 목에까지 차올랐다.

꺽정은 숨이 막혔다.

"으허헉!"

꺽정의 몸은 흥건한 땀주머니였다.

'아, 꿈이었구나…… 꿈.'

꿈이었다. 그러나 그것은 꿈만도 아닌 앞으로 치러야 할 현실이었다. 내일이면 모든 여인들과 이별을 고해야 했다.

그러나 뭐라고 이유를 설명해야 할지 아무리 생각해도 난감할 뿐이었다.

꺽정은 여인들을 하나하나 눈앞에 그려보았다. 먼저 종실녀를 떠올리자 불쌍하다는 생각이 번뜩 들었다. 그 다음에 안타깝다고 생각되는 게 조 정승 딸, 떨어지기 싫은 열녀 과부, 소향이는 아쉬운 여자였다.

마침내 이틀 후 꺽정은 한양을 떠났다.

꺽정은 네 명의 여인들에게 한결같이 '빨리 다녀온다' 고만 얘기했다. 그것은 그녀들을 묶어두려는 술책이 아니라 안심시키기 위한 수단이었다.

이별이라는 말이 끝내 입에서 떨어지지 않았다. 그만 큼 모든 여인들에게 깊은 정이 들어버린 것이었다. 사내 중에 사내라고 자부하던 꺽정이로도 콧날이 시큰해지는 것을 막을 수가 없었다.

'이제 다시는 계집노름은 하지 않겠다!'

이것이 한양을 떠나는 꺽정의 굳은 결심이었다.

뿌리를 잘린 사내

배돌은 다락원(多樂院) 부근까지 꺽정의 일행을 전송했다.

발걸음이 날아갈 것만 같았으나 꺽정을 의식해 우거지상을 짓는 수밖에 없었다. 꺽정의 일행과 속시원한 작별을 하고 돌아서자마자 헛웃음이 허파를 간지럽혔다.

"이제야 불운이 걷히고 창창한 희망이 터오는구나."

아무리 생각해도 여복이 뭉청뭉청 터져나오는 것만 같았다. 산으로 들어가는 꺽정을 보니, 제 아무리 늠름하고 천하영웅이라고 하지만 강원도 두메산골의 산도적일 뿐이었다.

자신이 그보다 못할 것이 무엇이겠는가. 비상한 두뇌

는 오히려 열 계집을 거느려도 손색이 없는 머리 아닌 가. 단지 운 때를 못만나 꺽정이 그늘에서 잠시 묵혀 있었을 뿐이었다. 그것을 인정하였는지 다락원에서 헤어질 때 꺽정이 자신에게 무엇이라고 하였던가.

"가끔 여러 집들을 돌아다니면서 잘들 보살펴 주고, 어려운 일이 있으면 도와주기 바라네."

꺽정이 신신당부한 말은 따지고 보면 '나 없는 동안 네가 계집들을 모조리 맡아가지고 지내거라' 라는 각별한 부탁이 아니겠는가.

꺽정이 여자들을 모두 차지하고 있었을 때 간신히 참아낼 수 있었던 것은, 바로 오늘과 같은 날이 올 줄을 알았기 때문이었다.

배돌이는 꺽정의 말을 자기 유리한 대로 해석했다. 오는 길에 과부의 집으로는 돌아가지 않고 길가 주막에 들러 성공의 축배와 기쁨을 만끽했다. 한 잔이 들어가고 두 잔, 세 잔이 들어갈수록 세상이 살맛이 났다.

확실히 술은 배돌이에게 용기와 힘을 가져다주었다. 막히고 답답했던 앞날이 일시에 뚫리는 기분이었다.

'이 정도의 외모와 정력이면 어떤 여자든 내 앞에서 무릎을 꿇고 옷을 벗겠지……'

'제까짓 것들이 만약 거역한다면 이 주인이 껍데기를 벗겨 놓고 말테다.'

'이런 행복이 오늘 저녁부터 내 것이렷다! 히히히……'

벌써부터 아랫도리가 뿌듯하게 차올랐다.

'고운 살결…… 낙태까지 한 종실녀…… 고것의 야들

한 입술도 내 것이고……'

배돌은 생각만 해도 온몸이 자지러들었다.

종실녀를 끼고 비단 보료 위에서 뒹굴 생각을 하면서 그 앞 일까지 떠올렸다.

'그게 나처럼 고운 애기 하나를 낳겠지? 그 다음부터는 완전히 내가 상전이 되렷다? 오늘부터 바쁘게 만들어야겠는걸, 히히히……'

배돌이의 상상은 끝이 없었다. 그 꿈은 허황된 생각일 뿐 아니라 환상이었다. 환상은 늘 아름다운 법이다. 환상은 그리면 그릴수록 더욱 몸을 달게 만든다. 그려보는 사람의 편에서는 한없이 즐겁고 신나는 희망임에 틀림없다.

그러나 사심없는 꿈은 인간에게 윤활유가 될 수 있지만 이처럼 색욕에 눈이 먼 자의 꿈은 그 결과가 어떻게 될까?

이제 배돌은 강산이 완전히 다르게 보였다. 술과 환상이 배돌의 몸을 흠뻑 적셔놓았기 때문이었다. 홀로 취해 있으니 꼬리에 꼬리를 무는 희망은 형형색색의 폭죽을 터뜨리며 배돌을 흐뭇하게 했다.

"어서 가서 돌보아 주어야지……"

배돌은 중얼거리며 술에 만취된 채 주막집을 나왔다. 한양을 향하여 발걸음을 휘적휘적 움직였다. 걸어가면서도 희망적인 생각은 떠나질 않았다. 그것도 자신이 여인들의 왕이 되는 신명나는 꿈으로만 꾸었다.

우선 종실녀는 그렇게 작정해 놓고 보니, 이번에는 조

정승 딸의 정숙한 얼굴이 떠올랐다.

만약 보쌈을 해오지 않았다면 명문의 집안에 시집을 가서 지금은 판서의 안방 마님으로 있을 여자였다. 배돌이같은 비부는 꿈에라도 떠올리기 힘든 하늘같은 존재였다. 그렇기에 배돌이는 조 정승의 딸이 더욱 탐이 나는 것이었다. 물한방울 묻히지 않고 곱게만 자라서 변소에도 가지 않을 것 같이 생각되는 여자였다.

배돌은 생각할수록 가슴이 울렁거렸다. 이제 최고의 양반집 막내딸도 자신의 무릎 아래서 고개를 조아리게 될 것이었기 때문이다.

'조 정승의 딸…… 품격있는 몸가짐에 뽀오얀 피부……귀여운 것…… 그게 진정코 내 물건이 된다는 게지. 꺽정이처럼 그 집에 떡 버티고 드러누워 있으면 계집은 앙증맞은 웃음을 지으면서 날 나으리라고 부르겠지? 그러면 나는 달덩이같은 엉덩이를 어루만져 주면서 사내답게 빙긋이 웃어주면 되는 게지. 어찌 그뿐인가 아랫것들은 날 보고 나리 마님이라고 떠받들면서 온갖 시중을 다 들어줄 게 아닌가. 이 기쁜 소식을 누구에게 전하지? 개똥같은 놈이라도 친구쪼가리 하나 없으니……'

배돌은 비록 술에 취해 팔자 걸음을 하였지만 날아갈 듯이 빠른 걸음이었다. 상상에 빠져 희죽거리던 배돌이가 휘청 무릎을 꿇었다. 길 모퉁이 박힌 짱돌에 채였던 것이다. 무릎에서 피가 번졌다.

에이! 씨벌놈의 돌멩이…… 옆에 있던 다른 돌멩이를 들어 그 짱돌을 고집스럽게 파냈다. 욕지거리를 중얼거

리며 큰 바윗돌을 들어 짱돌을 내리치자 힘없이 부서져 버렸다. 그것을 보고 배시시 웃으며 다시 상상에 빠지기 시작했다.

'어떤 년이건 내 말을 거역하면 이 짱돌꼴이 나는 것이여…… 히히히. 내가 이렇게 술에 취해 깨진 무릎으로 조 정승의 딸 집에 쓰윽 들어가기만 하면…… 고것이 눈물을 찔끔거리면서 비단 요 위에 누일 테지…… 나는 누워서 고것을 스리슬쩍 잡아당겨 품에 품고 주무르기만 하면 다음은 지가 알아서 모시겠지. 아주 거품을 품도록 만져주어야지…… 히히히. 날 깔볼 수는 없지…… 깔 볼 수 없어…… 격정이 한 말이 있는데……'

배돌이의 상상은 한술만 뜨는 것이 아니라 한술 위에 몇몇술을 더 떠서 올리고 또 올렸다. 좋기만 한 배돌이는 그뿐이랴 싶었다.

'명주바지 저고리에 마고자까지 입고 아랫목에 늘어져 있으면 계집은 자개장에다 은쟁반에 곰국을 끓여오겠지. 계집과 마주앉아 서로 술 한잔으로 밤을 지새면, 억센 기운이 전신에 뻗쳐 올 것이다. 하복부가 팽팽해지면 그 기운으로 계집을 품고 온 몸에 입도장을 찍어 놓아야지. 계집의 흰 배두덩이 위를 타고 앉아 나만 알고 있는 요사스런 기술을 부려놓으면 계집은 나를 끝끝내 버리지 못하고 그리워할 것이다. 나를 버리다니 꿈에도 그럴 수는 없지. 그뿐이랴, 조 정승 딸은 그 맛을 못잊어 평생같이 할 나를 제 아비에게 소개할 것이다. 시임 좌의정의 사위가 된 나! ……아무리 벼슬길에 오르기 싫어도 할 수 없이 올라야 하는 나, 배돌이. 아아 드디어 나도 금관자, 옥관자에 날이면 날마다 말을 타고 백만 장안을 활보하게 되는구나. 아들을 낳으면 조 정승 딸과 나를 반반씩 닮으렸다. 딸로 낳으면 제 어미의 고운 살결을 모조리 닮아 나오겠지. 만에 하나라도 내 말을 듣지 않으면 그 까짓거 집을 팔아 없애지……그게 어디 내 집인가? ……아니지 그게 내 집이지. 꺽정이 집 일을 부탁한다고 했으니 모든 게 내 집이지. 집이 내 것이니 계집도 종들도 그 안에 있는 모든 것이 다 내 것이지. 어서 가야겠다. 어서 가서 주인임을 알려야겠다.'

그는 생각이 여기에까지 미치자 어깨가 들썩였다. 회심의 미소가 다시 가슴을 살금살금 간지럽혔다. 길섶에 바지춤을 까내리고 시원하게 오줌을 내갈겼다. 물건을 주물럭거리자 다시 환상이 거미줄을 치기 시작했다.

'한두 계집에게 싫증이 나면 어쩌지? 오오라 방법이 있지.'

담 하나 옆에 두고 열녀 과부의 집으로 꺽정이 모양으로 쓰윽 넘어가면 되지 않겠느냐 싶었다.

'아…… 그러나 내가 그 집 비부가 아닌가…… 아니다. 그렇지 않아! 이 순간부터는 어제의 내가 아냐…… 임꺽정의 분부를 받은 즉시 난 그의 모든 유산을 상속받은 거야. 담 하나만 넘으면 그 허벅진 열녀 과부를…… 그런데 꺽정도 가끔 열녀 과부의 고집을 눈감아 주기도 할 만큼 대가 센 여자인데 내 말을 잘 들을까? 어허, 나도 참…… 내 것 가지고 이게 무슨 해괴한 망상이냐.

"이리 오너라." 하고 열녀 과부의 문앞에서 위세를 보이면 과부는 흔쾌히 나를 맞이할 것이다. 그 때는 꺽정이처럼 턱수염을 쓰다듬으면서 "오, 자네가 그리웠네." 하면서 손목을 슬쩍 잡으면, 열녀 과부도 나를 이끌어 안방 아랫목으로 들어갈 것 아닌가. 들어만 가면 모든 일은 다 된 것 아닌가. 우선 여인의 허벅진 속살을 건드려 색욕이 생기게만 해 놓으면 지가 먼저 날 잡수려고 덤벼들겠지…… 헤헤헤. 그런데 과부가 워낙 기운이 좋은 편이니 내 만일 당해내지 못하면 그것도 큰일인데…… 꺽정이만큼만 기운이 되어도……'

'꺽정일 보면 늘 열녀 과부에게만 파고들었던 것이 아닌가. 그만큼 살결이 좋을 뿐 아니라 사내를 아쌀하게 대해 꼬아올리는 수법도 능란한 모양이었다. 사내를 능숙하게 다루고 무엇이 달라도 달랐으니, 꺽정이같은 호색가도 제 집 드나들 듯 과부의 품으로 달려들었던 것이 아닌가.'

'내 비록 기운이 꺽정이만큼은 안 되도 강간과 겁탈로서는 연천, 철원 등지에서 모르는 사람이 없었지 않았나. 또 한 사람의 영웅으로 행세할 배포가 있었지 않았던가. 꺽정이와 나는 다를 게 하나도 없어. 에헴, 에헴……'

스스로 용기를 다지기 위해서인지 배돌은 헛기침을 하면서 불안을 떨쳐내려고 했다.

'이만하면 내 호강도 정승 부럽지 않으렷다.'

배돌은 팔짱을 끼고 성안으로 발걸음을 옮겼다.

성안으로 들어오자 배돌의 가슴은 더욱 흥분되었다.

마치 부풀어오르는 가슴이 봄바람 난 처녀의 앞가슴처럼 한없이 벌렁거렸다.

그러나 일말의 불안이 없는 것도 아니었다. 만약에 열녀 과부가 자신을 비부 취급을 하면 어쩌나 하는 걱정이 불쑥불쑥 찾아들었다.

배돌은 이내 고개를 세차게 흔들고는 껵정의 유산이 모두 내 것이라는 다짐을 되새겼다.

'자꾸만 이런 생각은 하지 말아야 하는데…… 너무 큰 즐거움도 하나의 괴로움이군.'

배돌이는 한껏 부풀은 망상과 불안한 현실이 머릿속에서 제멋대로 오갔다. 먼저 과부 열녀의 집으로 발걸음을 돌렸다. 그 개딱지같은 비부살이의 한을 날려버리고 싶었던 것이다.

'그 미운 여종…… 그것의 남편인 나……'

자신의 처지를 생각하자 한숨이 흘러나왔다. 배돌은 다시 눈을 부릅뜨고 결의를 다졌다.

'비부가 다 무언가! 이제는 비부를 다스릴 위치가 아닌가! 암, 그렇고말고……'

하늘을 더욱 푸르고 땅의 곡식들은 한층 기름진 것 같았다.

푸르고 기름진 대지 위에 나 혼자만이 이 기쁨을 누리나…… 그러나 그 행운과 기쁨도 여기에 그치지 않았다. 또 무엇이 있는가. 그 허벅진 과부보다도 더 속살이 좋은 아름다운 기생 소향이, 소향이가 있는 것이다.

아무리 생각해도 기쁨이 지천으로 깔려 있었다. 가을

날 잘 익어 톡 벌어진 알밤 줍듯이 그저 손만 내밀어 거두면 될 기쁨들. 소향을 생각하니 배돌이의 마음은 또 한번 하늘을 나는 것 같았다.

'거문고 뜯고 노래하고, 술 취한 눈으로 소향일 바라보면…… 캬, 그 맛이 웬 맛일까? 운치있게 한평생 살아보는 것도 멋은 멋인데…… 제기랄, 거문고를 뜯을 줄 알아야지…… 멋을 알면서도 못부리는 게 인간 세상이군. 내 팔자에 기생서방이 된다, 흐흐흐…… 누워먹고 사는 기생서방…… 호강으로는 최고지.'

'이년이 싫증나면 저년에게로…… 저년에게서 싫증나면 또 다른 년에게로…… 아무렇게나 내 다리 가고 싶은 곳으로 가면…… 흐흐흐…… 그러고 보니 난 정말 임금도 부러울 것이 없구나.'

과부 집으로 가는 길에 배돌이는 주막에 들러서 술을 한잔하니 더욱 용기가 뻗쳤다. 거나하게 취해 모든 계집들을 찾아갈 생각을 하니 다리가 굼실거렸다.

해죽해죽 웃으며 혼자 술을 마시자, 다른 손님들이 미친놈 바라보듯 하였지만 배돌이는 그저 좋을 뿐이었다.

휘청이는 다리로 제일 먼저 당도한 곳은 열녀 과부의 집이었다. 늘 드나들던 대문이었지만 막상 이 집의 주인이 된다고 생각하니 대문이 무척이나 좋고 커 보였다.

배돌이는 목청을 가다듬었다. 대문을 바라보고 속으로 기운차게 불러보았다.

'이리 오너라!'

멋적고 계면쩍은 생각이 들었다. 한번 속으로 연습을

한 배돌이는 아랫배를 불쑥 내밀고 뒷짐을 지었다.

이번에는 진짜로 한번 불러 볼 생각이었다.

'이리 오너라!'

자신은 분명 소리쳤으나 입만 움직이고 소리는 들리지 않았다. 평생에 처음으로 불러 보는 주인의 목소리가 영 나오지 않았다.

"이게 웬 일이야…… 이래서는 안 되지."

혼자 중얼거리며 터지지 않는 소리를 탓했다. 다시 한 번 심호흡을 하고 눈을 질끈 감았다.

"이리 오너라."

"네이."

분명히 소리가 터졌다. 그리고 안에서 분명 대답 소리 가 난 것 같았다. 배돌이는 아무래도 미심쩍어 살짝 대 문 안을 엿보았다.

누군가 나왔어야 하는데 개미 한 마리 보이는 게 없었 다.

"씨벌놈의 집구석…… 주인이 부르면 냉큼 달려오지 않고……"

그는 화가 난 목소리로 푸념을 하고 나서 꽥 소리를 질렀다.

"이리 오너라!"

그 때서야 누구시냐는 물음과 함께 대문이 벙긋이 열 렸다.

배돌이를 맞은 것은 여종이었다. 자신과 살을 섞고 사 는 그 못난 여종이 고개를 들이민 것이다. 배돌은 잔뜩 거드름이 밴 몸놀림으로 헛기침을 했다.

"이크! 뭔 일이래요?"

"나다. 이 집 주인이시다."

"당신이?"

여종은 어리둥절한 표정으로 혹시 배돌이 미치지 않았나 해서 그의 얼굴을 찬찬히 뜯어보았다.

"니가 날더러 당신이라니? 어디다 대고…… 괘씸한 것."

"네에?"

"니 눈구녘에는 내가 그 정도로밖에 안 보인단 말이냐."

여종은 어이없는 표정으로 귀찮다는 듯 말했다.

"빨리 들어오시구랴."

"뭐야? 이년 말 버릇 좀 보게."

"이 양반이 술에 취했어. 어서 들어와 잠이나 자요."

배돌이는 화가 머리끝까지 차올랐다. 기분대로 한다면 도저히 그냥 둘 수 없는 일이었다.

"옛날에 같이 살던 인정을 생각해서 오늘은 그냥 참겠다!"

"참고 자시고간에 술이나 작작 먹어요."

"어제의 내가 아니다 이거야. 너는 내 종이야."

"누가요?"

"너지 누구냐! 이 무식한 년아."

"네가 당신 종이란 말이유?"

"이제 천하가 바뀌었어! 이 집 주인은 나고 모든 게

내 것이다 이 말씀이다."

"이 양반이 미쳤나……"

"너같이 미련한 년하고는 말이 안 통하니, 빨리 내 과부한테 나 왔다고 일러라."

"당신, 큰일 당하기 전에 냉수 먹고 속차리시우."

"허어…… 이 미련곰탱이 같은 년이 말을 알아 먹어야지."

두 사람이 실랭이하는 것을 안에서 들은 열녀 과부는 기가 막혔다.

처음에는 미친놈이라고 생각했으나 아무래도 미심쩍은 곳이 있었다. 비부놈 주제에 저리 큰 소리를 칠 때는 무슨 이유가 있어도 있을 것이라는 생각이 들었다.

'혹시, 그 분이 갈 때 뭐라고 한 것이 아닐까…… 곧 돌아오신다고 했는데…… 그렇다고 해도 저놈이 나으리처럼 호통까지 쳐대니 저런 죽일 놈이 있나.'

갑작스런 일로 이리저리 심경을 정리하고 있는데, 방문이 왈칵 열렸다. 마침내 배돌이가 비틀걸음으로 방안으로 들어섰다.

"여, 여봐라."

"……"

과부를 부르는 폼이 꺽정일 흉내내고 있었다. 제법 거드름을 피우는 꼴이 가관이었다.

"나여 나…… 나으리란 말야."

"……"

과부는 그 때까지도 아무 말이 없었다. 배돌이가 정신

차리기를 기다릴 뿐이었다.

"날 몰라?"

기고만장해서 반말을 쓰는 배돌이를 그저 멀거니 바라보았다.

"나으리를 받드는 것이 아녀자의 도리임을 모르느냐?"

"뭐야?"

과부는 더 이상 참지 못하고 버럭 소리를 질렀다. 그 소리에 배돌이가 기절초풍할 것 같았지만 술 탓인지 아무렇지도 않게 쳐다볼 뿐이었다.

"내가 오늘부터는 이 집 주인이다. 너는 그렇게 알고 있어라."

"……"

여유있는 체하느라 잘 나오지 않는 말을 억지로 꾸며 하는 폼이 역력했다.

과부는 어이가 없었다. 하루 동안에 미치지 않았으면 꺽정이 무슨 대단한 부탁을 했기에 저리 억지를 부릴까 하는 생각이 들었다.

"도대체 뭐냐? 이놈아!"

"내가 오늘부터 네 서방이다. 서방님을 깍듯이 모시는 것이 이 나라의 법이다. 만약 거역하면 너는 곤장감이야, 알겠느냐?"

"곤장감? 그래, 어디 그 맛 한번 보여주마."

과부는 옆에 있던 홍두깨 방망이를 집어들었다. 배돌이 놈을 그냥 두었다가는 머리끝까지 타고 오를 것이 분명했기 때문이었다.

과부는 그 억센 기운으로 배돌이의 면상을 힘껏 후려 갈겼다. 그러나 배돌이도 한때 도적질로 먹고 산 날쌘 동작이 있었다. 홍두깨가 날아드는 순간, 정신이 아찔했지만 옆으로 엇비슷이 피했다.

"이 미친년이."

배돌이가 깜짝 놀라 욕지거리를 내뱉었다.

"이 환장한 놈아, 당장 이 집에서 나가라."

과부가 부리부리한 눈으로 배돌이를 노려보았다. 배돌이는 순간적으로 움찔했다.

"나가라니, 누굴 나가라는 거야?"

배돌이는 목소리를 낮춰 조심스럽게 뻗대어 보았다.

"미친놈!"

사태가 불리해지자 배돌이는 난데없이 과부의 허리를 끌어 안았다.

"오늘부터는 넌 내꺼야……"

과부의 귀에 거친 숨소리를 불어넣고는 과부를 방바닥으로 밀쳐 넘어뜨렸다. 과부도 만만치 않은 여자였지만 배돌이가 워낙 한곳에 힘을 집중한 탓에 힘없이 쓰러져버렸다. 게다가 강간과 겁탈로 명성을 떨치던 배돌이가 한두 번 여인들을 쓰러뜨린 게 아니었다.

배돌은 이제 식은 죽 먹기라고 생각했다.

"이놈이 어디다가 손을 대느냐!"

과부는 씩씩대기 시작했다. 배돌이 역시 지지 않고 소리를 높였다.

"너는 오늘부터 내 밥이란 걸 명심하렷다."

배돌이는 더욱더 과부의 허리를 으스러져라 껴안고 되는 대로 온 몸을 주물렀다.

열녀 과부는 창피했다. 그러나 꺽정이 몸 이외에는 전혀 다른 남자를 몰랐던 과부는 사내의 몸이란 생각이 들자 묘한 기분이 들었다.

'사내의 느낌이란 비슷비슷하구나…… 이것도 사내라고……'

배돌이는 과부가 포기하기를 바라면서 손 동작을 멈추지 않았다. 과부가 몸을 뒤틀어도 워낙 마음을 굳게 먹고 달려든 놈이라 쉽게 떨어져 나가지 않았다. 찰거머리같이 들러붙어서 씩씩거리는 배돌이를 보자, 과부는 순간적으로 몸을 한번 허락해볼까? 하는 생각이 들었다.

그러나 과부는 이내 고개를 저었다. 집안에 부리는 종의 남편에게 몸을 허락할 수는 없는 일이었다. 비부라는 생각이 들자 왈칵 분노가 치밀었다.

"이놈아, 발광을 해도 분수가 있지."

"……"

배돌이는 날 잡아잡수라는 듯 눈을 희번덕거리며 일언 방귀가 없었다.

과부는 두 손으로 배돌이의 어깨를 힘껏 밀었지만, 목을 단단히 끼어잡고 다리를 꼬고 있어서 쉽지가 않았다.

배돌이는 드디어 욕심을 내기 시작했다. 오른손을 과부의 아랫도리로 뻗쳐 치마 속으로 손을 집어 넣은 것이다.

과부는 이미 죽일 놈이라고 마음먹은 배돌이를 용서할

수 없었다.

"이 날강도 같은 놈아, 어디를 더듬어!"

배돌이는 이미 흥분에 빠져, 과부를 한입에 잡아 먹을 듯 씨근덕거렸다.

"여보……"

이제는 눈까지 게슴츠레하고 뜨고 과부를 마누라인 양 은근히 부르기까지 했다.

'이 기막힌 일을 누구에게 하소연해야 하나……'

과부는 이러다가는 당하고 말 것이라는 생각이 들자, 먼저 치미는 분노를 삭혀야 되겠다고 생각했다. 버티던 팔과 다리에서 힘을 빼고 가만히 누워있으니, 배돌이도 다 된 밥이라는 생각이 들어 목을 감았던 팔을 느슨하게 풀었다.

이 때였다. 과부는 쏜살같이 팔을 내리뻗어 흥분한 배돌이의 그것을 움켜 쥐었다.

"으헉!"

"……"

과부는 아무 말 없이 그것을 틀어쥔 채 몸을 일으켰다.

"잘못했습니다요."

"무엇을?"

"……"

"씨근벌떡거리더니 이제는 안정을 찾았느냐?"

"용서해주십시오."

"앞으로도 미친 체하고 주인 마님 알기를 암똥개로 알

겠느냐? 이 찢어죽일 놈아!"

열녀 과부는 거품이 튀도록 꾸짖으면서 잡은 곳에 힘을 더해 비틀었다. 이내 배돌이의 얼굴이 샛노래졌다. 거기를 움켜잡혔기 때문에 꼼짝달싹할 수가 없었기 때문이었다.

"마님, 살려줍쇼."

배돌이는 상체와 하체를 웅크리고는 두 손이 발이 되도록 빌었다. 아무리 빌어도 과부는 조금 전에 당한 모욕을 앙갚음이라도 하는 듯 그것을 놓지 않았다.

악에 바친 과부 열녀가 이를 악물고 비아냥거렸다.

"요런 걸 가지고 나를 넘봐? 겨우 요따위 조그만 것을 가지고?"

그것을 다시 한번 비틀자, 배돌이는 인상을 쓰면서 다시 생각했다.

'이년이 정말 딴 생각이 있어서, 이렇게 놓지 않고 장난을 치는 것인가?'

배돌이는 슬금 과부의 눈치를 살폈다.

"네가 아직 맛을 덜 본 모양이구나! 아직도 그런 눈으로 사람을 보다니, 이 짐승 같은 놈!"

배돌이는 과부의 표독스러운 눈을 확인하고 고개를 푹 꺾었다. 배돌은 할 수 없이 열녀 과부를 포기하기로 마음을 먹었다.

한참 후에 여인은 배돌이의 그것을 풀어주고는 매서운 눈으로 쏘아보며 말했다.

"당장 우리 집을 나가라! 내 눈에 띄는 날이면 아예

잘라 버리고 말테다, 이 더러운 인간아."

추방이었다. 그것까지 휘둘리면서 쫓겨나는 것이었다. 그래도 과부 성깔에 이 정도 하기를 그나마 다행이라고 생각했다.

배돌이는 첫번째 꿈이 산산히 부서지자, 무척이나 실망스러웠다. 독한 년이라고 과부 열녀를 욕해 보았지만 부질없는 짓이었다.

바깥은 이미 어둠이 깔려 있었다. 몸만 댕그러니 쫓겨난 배돌이는 막막했다.

"어디로 가나?"

과부 열녀의 집에서 정신이 어찔할 정도로 혼이 난 배돌이는 바로 앞 조 정승 딸의 집을 보고서야 제정신이 돌아온 것 같았다.

"엎어지면 코 닿을 곳에 내 집을 놔두고 걱정을 하다니……"

배돌이로서는 아직도 가혹한 꿈에서 깨어나고 싶지 않았다. 열 번 찍어 안 넘어가는 나무가 없다고 하지 않았나. 어떤 계집이건 내리 찍어볼 수밖에……'

"이리 오너라."

목소리를 낮춰 부르자, 금세 종이 나와 반겼다.

"아이, 난 또 누구라구."

"마님 계시냐?"

"계시지요."

배돌은 이번에는 전술을 바꾸었다. 마당에서 아무 말도 없이 다짜고짜 안방으로 기어들어갔다. 안방은 곧 자기 방이니 주저할 필요가 없었다.

배돌이가 불쑥 들이닥치자 조 정승 딸은 깜짝 놀랬으나 이내 안정을 찾았다. 나으리가 직접 부리던 사람이니까 무슨 일이 있겠는가 싶었던 것이다.

고요하고 아담한 방이었다. 그는 방안에 들어서자마자 덮칠까도 생각했지만 과부에게 통하지 않았으니 이번에는 설득을 하기로 마음먹었다.

조 정승 딸의 무슨 일일까 하는 얼굴을 보자, 쉽게 입이 떨어지지 않았다. 마른 재채기를 연거푸 하고는 수작을 시작했다.

"여보게……"

은근한 말투가 마누라를 부르는 태도였다. 조 정승 딸은 당연히 놀란 토끼눈이 되었다.

"뭐야?"

"여보게."

"……?"

희옥은 배돌이를 빠히 쳐다보았다.

'이 사람이 제정신이 아닌가?'

하는 의문이 가득한 눈이었다.

배돌은 동그란 눈으로 쳐다보는 희옥을 보자, 그 모습이 얼마나 탐스럽고 귀여웠던지 순간적으로 와락 달려들 뻔했다. 그러나 아까의 실패를 생각하고 마른침을 삼켰다.

"내 말을 잘 들어보란 말야……"

배돌은 만만해 보이는 희옥이에게 완전히 반말짓거리를 했다.

"오늘 네 서방인 나으리로부터 너희 모두를 맡으라는 명을 받았어, 알겠는가?"

희옥은 너무도 어이가 없었던 탓에 배돌이가 실성한 것으로 단정지었다. 희옥은 방문을 벌컥 열어젖히고 날카롭게 소리쳤다.

"얘야, 게 누구 없느냐?"

그러나 바깥에는 심부름하는 동자치도, 할멈도 마실을 갔는지 개새끼 한 마리도 얼씬하지 않았다.

겁이 잔뜩 난 희옥은 다시 한번 외쳤다.

"누구 없느냐! 여기 도적놈 왔다!"

바깥에서 아무런 반응이 없자, 배돌이는 능글능글한 웃음을 지으며 다가왔다.

"불이야!"

희옥이 고함을 질렀다. 소리가 무척 크게 들렸지만 아무도 집안을 들여다보는 사람이 없었다.

'이 집에서는 내가 힘으로 강간하여도 아무 탈이 없겠군!'

배돌은 마음에 여유가 생겼다. 이제 남은 것은 조 정승 딸의 배 위에 오르는 일만 남았다고 생각했다.

배돌은 여인의 팔을 강제로 잡아끌어 아랫목 요 위에 눕혔다. 발버둥치는 희옥을 제압하는 것은 식은 죽 먹기였다. 희옥은 본래 몸이 갸날프고 마음이 섬세한 여자였다. 희옥의 배 위에 올라 탄 배돌은 히죽히죽 웃는 얼굴로 희옥을 바라보았다.

"여보게 마님…… 이제 천하의 도적놈 임껵정이는 산

속으로 영영 도망쳐 버린거요. 오늘부터 꺽정이의 처첩은 내가 전부 맡기로 했으니 딴 생각은 아예 하지 마오. 당신은 원래 내가 업어 온 여자인데 꺽정이에게 빼앗긴 것이오. 오늘 이렇게 좋은 일이 있는 것은 다 하늘이 알고 베푸는 것이란 걸 알아야지."

"제발 몸만은 건드리지 말아라……"

"당신은 거역하면 안 돼…… 나도 인물이야 꺽정이보다 못하지만 인정은 몇십 배 더있는 놈이오. 꺽정이처럼 하루 아침에 도망치지는 않는단 말이오. 어떻소! 내 말을 듣겠소, 안 듣겠소? 분명히 말하오."

배돌이 길게 사정을 얘기했다. 날은 오늘뿐이 아니었다. 그렇기에 답을 받아놓아야지 언제고 편히 올라 탈 수가 있다는 계산을 한 것이다.

희옥은 어처구니가 없었다. 그 중에서도 '내가 당신을 업어왔다' 라는 말에 더욱 화가 났고, 그가 구역질 나도록 미워졌다.

희옥은 자신의 팔자인 양 받아들여 왔으나, 다시 옛날 생각이 떠오른데다가 자신을 업어온 원수가 배 위에 있다는 것이 새삼 억울했다.

마침내 희옥의 얼굴이 점차 새하얘지더니 끝내 자는 듯 눈을 감아버렸다. 자신의 분을 스스로 못참고 까물어쳐 버린 것이다.

배돌이는 얼굴을 툭툭 쳐보았으나 아무런 반응이 없자 오히려 빙글거렸다.

"재미는 없어졌다만 니가 내 물건이 되려고 알아서 몸

을 푸는구나."

여인의 얼굴을 보고 씽긋 웃던 배돌이는 우선 여인의 치마를 한 옆으로 벗기기 시작했다.

"까무러치기는…… 귀여운 것……"

배돌은 속옷만을 남겨놓고 마음이 놓이지 않아 문구멍을 한번 쳐다보았다. 아무도 없었다. 뒷탈 염려는 없었다. 이만하면 하느님이 보살펴주는 절호의 찬스라고 생각했다.

더더구나 자신이 업어온 계집이란 생각에, 잃었던 물건을 이제야 찾았다는 뿌듯함마저 생겼다.

속옷만 걸친 희옥의 몸을 천천히 쓰다듬었다. 희옥은 꼼짝도 하지 않았다.

배돌은 무방비 상태의 희옥을 만지자 동물적인 욕망이 하복부에 팽팽하게 차올랐다. 그는 마지막 남은 속옷을 천천히 음미하듯 벗겨 나갔다.

점차 하얀 속살이 드러나기 시작했다. 금광을 찾은 듯 배돌의 눈이 희번득해졌다. 마른 침을 삼키는 소리가 자신의 귀에까지 들릴 정도로 고요하고 숨막히는 순간이었다.

평소에 인품이 열녀 과부와는 달리 예의있는 몸가짐이라 배돌에게도 일말의 양심이 살아났다. 마치 제사 음식을 먹기 전에 고시래를 하듯 낮게 읊조렸다.

"이렇게 당신을 욕보이는 것을 천지신명에게 부끄럽게 생각하오. 그러나 나는 지금 꽃 본 나비이고, 물 본 고기여서 당신을 건드리지 않고는 도저히 견딜 수가 없으이…… 깨어나서 나를 못된 놈이라고 욕하지 마소."

배돌은 배시시 웃으며 자신의 아래 저고리를 무릎 아래로 까내렸다. 희옥은 그저 편한 잠을 자듯 아무것도 모르고 있었다.

배돌의 불끈 솟은 물건이 막 희옥의 몸에 닿으려는 찰라였다. 대문이 부서지듯 요란한 소리가 귀청을 때렸다.

이크!

배돌은 빠르게 자신의 몸을 수습하고 희옥의 몸을 가리려던 순간, 방문이 와지끈 하는 소리와 함께 거칠게 튕겨 나갔다.

"이 개같은 놈아!"

불같이 들이닥친 사람은 다름아닌 안구였다.

안구는 마침 꺽정이가 떠난 후 여인들의 집을 들러 위로를 해주려던 참이었다.

먼저 과부 열녀의 집에 갔다가 배돌이의 행패를 전해 듣고는 그를 찾기 위해 이곳에 들이닥친 것이었다. 달려와보니 역시 예상한 대로 사태는 심상치 않게 벌어져 있던 것이었다.

"누가 개냐! 이 새끼야."

방귀 뀐 놈이 화낸다고 오히려 배돌이 발끈하였다. 그것도 욕지거리까지 섞어서 대드는 것이었다.

안구 역시 기가 막혔다. 그놈이 미쳤다는 열녀 과부의 말이 딱 들어 맞는 것만 같았다.

"너 이놈! 니가 죽을려고 환장을 했구나!"

안구는 노려보는 배돌이 멱살을 당장에 움켜 쥐었다.

배돌의 물건을 냅다 걸어차고는 방문이 떨어져 나간 마당을 향해 힘껏 내던져 버렸다.

어이쿠!

비명 소리와 함께 배돌이 마당에 나가 떨어졌다.

"내가 이 꼴이 되다니…… 어디 두고 보자."

이를 악물고 중얼거렸다. 자신의 꿈이 이렇게 빨리 깨져 나갈 줄은 누가 알았겠는가.

배돌은 머리에서 피가 흐르자 입술을 이죽거리며 욕지거리를 끊임없이 쏟아냈다.

마등령 여우

껵정은 한양에 두고 온 여인들을 아직 잊지 못했다. 그러나 사내가 한번 마음 먹은 이상 여인들을 냉정하게 놓아두고 천복산으로 와야 했다. 그리고 산채의 대장으로 다시 마음을 다잡아 먹어야 하는 처지였다.

한양에서 호화찬란했던 엽색행각에 비하면 강원도 두메산골인 이 곳 이천 천복산 속은 적막하기 짝이 없었다. 호화롭고 꿀맛같던 생활이 갑작스럽게 검소해지고 단조로와져 무료해졌던 것이다.

껵정은 자신의 뜻이 아니더라도 이런 생활로 다시 돌아오자 운명은 어쩔 수 없는 것이라고 마음먹었다.

"내 팔자는 역시 도적놈 노릇인가 보군."

껵정이 천복산으로 돌아와 제일 먼저 한 일이 소잡고

돼지잡아 크게 잔치를 벌이는 것이었다. 떡과 술, 고기가 며칠 동안 차고 넘쳤다. 상하가 따로없이 도적들 모두가 흐드러지게 먹을 수 있었다.

이것은 지금까지 흩뜨러진 것을 바로잡고 사기를 복돋아 새로 시작하자는 의미였다.

실제로 꺽정은 새로 부임한 감사나 원님처럼 사흘이 지난 후에 산채 일을 보기 시작했다. 그 첫날 여러 두령들을 모아놓고 서림을 앞에 앉혔다.

"한 가지 군법(軍法)에 대하여 물어 볼 말이 있소."

"무엇이옵니까?"

"부하된 자가 상관인 대장을 능멸하는 일이 있다면 그 죄가 무엇에 해당하오?"

서림은 짐작되는 것이 있는지 안색이 변했다. 무슨 대답을 해야 할지 선뜻 떠오르지 않았다.

"잘 모르겠소?"

"아닙니다. 모를 것이야 있겠습니까? 그것은 참(斬)하여야 마땅한 줄 압니다."

"그건 그렇다치고, 버릇 없는 말로 산채의 인심을 선동하는 일이 있었다면 그것은 어찌해야 하오?"

"물론, 그것도 참하여야 마땅합니다."

꺽정이의 두 눈에 흰자위가 많아졌다. 흰자위가 많은 눈에다가 한번 노발하기만 하면 더욱 흰자위가 많아지는 것이 꺽정이었다.

"이리 오너라."

"네이."

꺽정이가 자신을 호위하는 부하를 부르자, 곽삼불과 신삼출이 번개처럼 튀어나와 꺽정이 앞에 고개를 조아렸다.

취의정 안에는 꺽정이의 안색으로 이미 살기가 등등해졌다. 살기를 느낀 것은 두령들뿐이 아니었다. 밖에 있는 수백 명의 졸개들까지 꺽정의 고함 소리에 모두 긴장하여 속삭이고 있었다.

"무슨 일이 크게 벌어지겠는데?"

"대장이 저렇게 화내신 일은 없었어."

"계집들 버리고 온 화풀이를 두령들에게 하시는 모양이야."

"쉿, 큰일날 소리."

이윽고, 꺽정이는 분이 머리꼭대기까지 차올라 추상같이 호령했다.

"서림이란 놈을 끌어내어라."

꺽정을 호위하는 두 부하는 무슨 명령인지 알 수가 없었다. 그저 어리둥절할 뿐이었다.

"이놈들아, 내 말이 들리지 않느냐!"

벼락같은 고함 소리가 취의정 안을 뒤흔들었다. 그제서야 놀란 두 부하가 서림을 이끌고 문 밖으로 나갔다.

서림의 몸에서 의관속대가 벗겨져 나갔고 두 무릎이 세차게 꿇려졌다.

꺽정은 서림을 보고 무섭게 죄를 추궁했다.

"너는 네 입으로 두 가지 죄를 다 범하였으니, 비록 죽음을 당하더라도 원통히 생각지 말아라."

호령이 떨어지기 무섭게 차분한 목소리의 서림이 항변을 하였다.

"소인이 언제 대장을 멸시했으며 산채의 인심을 선동시킨 일이 있습니까?"

"내가 없는 동안에 네 입으로 무엇이라 했느냐?"

"별로 그런 뜻으로 말한 기억이 없습니다."

"없었다?"

꺽정은 증거를 잡고 있는 양 계속 죄를 추궁했다.

"내가 없는 동안에 날보고 호색하느니 계집질을 하느니 하고 말한 일이 없고, 또 사방으로 흩어지자고 말한 적이 정말 없느냐? 똑바로 말해라."

이 말에 서림은 안색을 침착한 빛으로 바꾸고 차근차근 사리를 따져 설명했다.

"누가 소인을 모함한 일인 것 같습니다. 소인이 그 때 여러 두령들께 말씀한 것은 본의가 그렇지 않습니다."

"그런 말은 분명 한 일이 있는 모양이구나."

"네, 있소이다."

"있다면 네 죄는 참하여야 마땅하지 않느냐? 이래도 무슨 변명을 하겠다고 나서느냐!"

"그런게 아니올시다. 그 때 여러 두령들이 모두 대장 말씀을 하고 있던 중이었습니다. 모두 대장께서 색에 대범하신 분이라고 하실 때 제가 한마디 한 것입니다. 본래 영웅이란 영웅 호색의 옛말과 같이 영웅이신 까닭에 호색한다고 말씀드린 것뿐이었습니다. 그것이 참할 죄가 되겠습니까?"

서림이 차근히 반문하자, 꺽정이 다시 말을 이었다.

"그건 네 말대로 영웅 호색의 뜻이었다고 넘어가기로
하자. 그렇다면 모두 산지사방으로 흩어지자고 한 말은
네가 하지 않고 누가 했느냐? 말해보아라."

"그것도 분명 제가 한 말이었습니다. 대장께서 오랫동
안 산채를 비우고 안 계신 까닭에 일이 마비되다시피 했
습니다. 열에서 백까지 일이 제대로 되지 않아 이러다간
우리가 어느 때 몰살을 당할지, 아니면 모조리 관군에게
잡혀가게 될지 알 수 없는 처지였습니다."

"그래서?"

"대장께 가서 만일 돌아오시지 않을 경우에 우리도 뿔
뿔이 흩어져 없어질테니 그래도 오시지 않겠느냐고 단호
하게 말해 보라고 한 것입니다. 그것도 모셔오는데 하나
의 방법이 될 수 있다고 생각한 것입니다. 그게 죄가 된
다면 죽기는 죽겠습니다만 죽어도 지하에서 눈을 감지
못할 것 같습니다."

서림은 긴 변명을 늘어놓았다. 꺽정은 서림을 죽인다
고 엄포를 놓기는 했지만, 서림의 얘기를 듣고 보니 틀
린 말은 아니었다. 오히려 죄가 있다면 꺽정이 자신에게
있었다는 생각이 들었다.

호령을 다시 주워담기에는 쑥스럽고, 그대로 실행하자
니 이치에 맞지 않는 판결같아 주저되었다. 누가 이 어
색한 상황을 건져주나 하고 있을 때 예가가 입을 열었
다.

"군법까지 적용할 필요가 있겠습니까? 서림의 말에 거

짓은 없는 줄로 압니다."

이룡도 나서서 서림을 변호했다.

"별로 큰 죄가 없다고 생각됩니다. 헤아리셔서 용서하여 주시기 바랍니다."

"죽일 죄가 있는 놈은 죽여야겠지만, 무고한 사람이 다쳐서는 안 된다고 생각됩니다."

방중달이 나서서 거들고 곽서도 이번 일로 죽여서는 안 된다고 주장했다.

꺽정도 서림의 말이 끝났을 때, 이미 죽일 수는 없다고 생각하고 있었다.

"여러 사람 생각이 꼭 그러하다면 할 수 없지."

"옳으신 말씀입니다."

일제히 꺽정의 결단을 지지했다.

"그렇다면 서 종사를 다시 모시어라."

꺽정의 한마디에 목숨이 끊어질 뻔한 서림은 다시 들어오기 전에 꺽정 앞에 무릎을 꿇었다.

"저의 죄가 유죄이든 무죄이든 대장의 마음을 아프게 한 점 백번 사죄하겠습니다. 부족한 저를 이렇게 거두어 주시니 머리숙여 감사할 뿐입니다."

"별말씀을 다하오. 나에게도 잘못은 있었으니 이번 일은 마음에 두지 말기 바라오."

한바탕 작은 풍파가 지나간 후, 천복산은 다시 조용해졌다.

며칠 후, 여러 두령들이 취의청에 모였을 때 꺽정은

하왕동의 안부를 걱정했다.

"왕동이는 도대체 어찌 된 것인지 알 수가 없소."

꺽정이 입을 열자, 나머지 두령들도 모두 걱정에 찬 말들을 하였다.

"한양서 떠나 왔는데 아직 오지 않은 것으로 봐서, 혹시 포도청에라도 붙잡힌 것이 아닌가?"

"분명히 사고가 난 것이 틀림없어!"

"한 분이 돌아오시니, 또 한 사람이 천복산을 비우는 구만."

모두 걱정은 하고 있었으나 뾰족한 수가 없어 답답한 마음이 더해만 갔다. 그 중에서도 여두령이자 왕동의 부인인 나 두령은 한숨쉬는 것이 하루 일과가 되었다.

그러던 어느날, 온통 껍질만 남아 몰라 보게 수척해진 왕동이가 천복산에 나타났다. 여러 두령들이 왕동을 보자 반가움과 호기심이 섞인 눈으로 한마디씩 했다.

"도대체 어떻게 된 일인가?"

"어디서 혼이 나간 사람같네."

"귀신에게 홀렸나? 도깨비에게 홀렸나?"

여기저기서 물음이 쏟아지는데도 왕동은 눈만 꿈벅꿈벅하다가 한숨을 몰아쉬었다.

"이제야 살았구나."

주변에 두령들의 궁금증은 아랑곳없이 자신의 목숨이 지금까지 붙어있다는 것에 고마워하는 기색이 역력했다.

그런 왕동이를 바라보는 산채 식구들은 바짝 호기심이 당겼다.

"언제 한양을 떠났는데 지금에야 도착하는 거냐?"

껵정이 걱정스러운 표정으로 왕동을 쳐다보았다.

"아이구, 말도 마십시오."

왕동은 손을 절레절레 흔들고는 찬물을 청해 쉬지 않고 한 사발을 다 들이켰다.

"세상에 희안한 일은 며칠 사이에 다 겪은 것 같습니다. 아주 죽을 맛이었지요. 오늘 이렇게 여러분 얼굴을 다시 보는 게 꿈만 같습니다."

궁금해하는 사람들을 보고는 왕동이 천천히 입을 열었다. 그러나 시작한 이야기는 청상 과부와의 사건만이 아니었다.

왕동은 안구의 집을 떠나 동소문 안을 향해 오는 길에 있었던 청상 과부에게 홀린 얘기부터 시작했다. 게걸스럽게 남자를 밝히던 청상 과부의 얘기를 하자 몇몇 두령은 침을 꿀꺽 삼키기도, 그 집이 어디에 있는지 궁금해하기도 했다.

마지막에 도끼로 사건을 끝냈다고 하자 남두령들 중에 아쉬워하는 축도 있었다. 그러나 왕동의 행동을 지지하고 속시원하다는 사람들이 더 많았다. 그만큼 색녀였기도 하였지만 한편으로는 불쌍한 동정을 자극할 만한 여인이었기도 했기 때문이었다.

왕동은 청상 과부의 집에서 십여 일을 지체한 까닭에 마음이 바빠졌다. 그래서 천복산에 빨리 닿을 생각으로 마등령 길을 택했다. 이곳을 가로지른다면 예상 외로 시간을 단축시킬수 있었기 때문이었다.

그리하여 왕동은 허기진 배를 움켜쥐고 마등령을 오르기 시작했다. 마등령은 오를수록 산세가 험하고 가파로워 중턱에서부터 구름과 안개가 자욱하였다. 근처에 사람은커녕 짐승들도 잘 오르내리지 않는 험악한 고개길이었다.

왕동은 이를 악물고 얽힌 길을 헤치며 한참을 올라갔다.

그러나 오를수록 숲은 우거지고 나무들은 하늘을 찌를 것만 같았다. 갈수록 아득할 뿐이었다. 담력이 있는 왕동이라 할지라도 겁이 나기 시작했다.

'이놈의 영마루가 얼마나 멀기에 아무것도 발견할 수가 없지?'

해는 이미 산마루 위에서 지기 일보직전이었고, 갈수록 깊은 산중에 배는 견딜 수 없이 고파왔다. 그야말로 진퇴양난이 눈앞에 닥친 것이다.

떠나던 주막에서 조반을 설쳤고 점심마저 굶었기에 가파른 길을 오른다는 것이 무척이나 고통스러웠다.

'제발 인가라도 하나 찾아야 할텐데……'

물에 빠진 사람이 지푸라기 잡는 심정이었다. 이제는 뒤돌아서 내려갈 수도 없는 일이었다.

해가 완전히 지는 날에는 큰일이다싶어 죽기 살기로 올라갔다. 워낙 빠른 걸음을 자랑하는 왕동이었기에 끝내 산마루 위에 당도했다. 그러나 그 곳이라고 뾰족한 수가 생기는 것이 아니었다.

마루 위에서 아래를 굽어보니 끝없는 산맥만 펼쳐 있을 뿐 다른 아무것도 발견할 수가 없었다.

"이거 아무래도 큰일났는데……"

혼자 중얼거리던 왕동은 서둘러 영마루 아래로 걸어 내려왔다.

얼마쯤 걸었을까. 빠른 걸음으로 줄달음치다시피 내달렸는데 벌써 해는 완전히 서산에 떨어지고 말았다. 숲 속에는 벌써 어둠이 짙게 깔리기 시작했다.

왕동은 겁이 덜컥 났다. 노숙을 해야겠다고 생각했다. 그러나 이 어둡고 살벌한 산 속에서 무엇을 의지하고, 밤을 지새나 하는 걱정이 뼈저리게 들었다.

짙어오는 어둠 속에서 굶주린 창자가 아우성을 치고 있었다. 가까운 곳에서는 날짐승들의 살기 넘치는 울음소리가 귓전을 때렸다.

왕동은 우선 날카로운 나뭇가지를 꺾어들고 사방을 경계했다. 공포보다 무서운 것이 배고픔이라고, 더 이상 참을 수 없을 만큼 허기가 졌다. 차라리 날짐승과 대적해 그것으로 우선 허기를 때우고 싶은 생각마저 들었다.

본래 힘이 세고 장력이 남못지 않았던 왕동이었다. 그러나 상황이 이쯤되자 몸이 천근같이 무거워졌다.

"아무래도 죽을 팔자인가 보군……"

스스로 자포자기하는 심정이 들자, 한층 기력이 없어졌다. 날은 이제 완전히 어두워졌다.

바로 그 때였다. 인가 찾기를 포기한 왕동의 눈앞에 어슴푸레 초가가 한 채 눈에 들어왔다. 흰벽으로 된 아

담한 집이었다. 마치 하늘이 알고 자신을 살려주려는 것
같았다.

"오! 아직은 하늘이 날 버리지 않았어."

왕동은 기쁜 생각에 허겁지겁 초가집을 향해 달려갔
다.

그런데 이게 웬일인가? 그 하얀 벽의 초가집 앞에 소
복을 입은 한 여인이 오롯이 고개를 숙이고 서 있지 않
은가.

순간, 왕동은 자신의 눈을 세차게 비볐다. 눈을 부릅뜨
고 몇 번을 확인해도 변함없는 모습이었다.

'신선이 아니면 분명히 요물일 거야!'

왕동은 스스로 정신을 바짝 차려야 한다고 다짐하고
또 다짐했다.

"도련님, 어디로 가시는지는 모르지만 하룻밤 쉬었다
가세요."

그림이라고 착각할 정도로 한곳을 바라보고 있던 여인
이 입을 열었다. 그것도 이쪽에서 해야 할 소리를 먼저
저쪽에서 해 오니 어리둥절할 뿐이었다.

그러나 죽음을 각오한 왕동이로서는 그 여인이 구세주
로 보였다. 소복단장한 정숙한 여인. 게다가 길을 잃고
헤매는 남자를 보고 먼저 은혜를 베푸는 젊고 아름다운
여인. 왕동인 그야말로 그 여인이 천상에서 내려온 선녀
로 보이지 않을 수 없었다.

"진정으로 고마운 말씀입니다. 그런데 낭자는 누구시
지요?"

"이 산 속에서 홀로 지내는 여인입니다."

"홀로 사신다구요?"

"네에…… 늘 쓸쓸하기 때문에 외로움을 친구삼아 살아가고 있답니다."

붉은 입술, 하얀 치아, 넓은 이마, 검은 머리, 맑고 동그란 눈…… 어디 한 군데 나무랄 데가 없는 아름다운 여인이었다.

더우기 여인의 입술에서 흘러나오는 부드러운 음성은 인간 세상에선 찾아볼 수 없는 고혹적인 목소리였다. 그 목소리는 길을 잃고 헤매는 아이를 따뜻이 감싸안아 주고도 남는 하늘의 소리였다.

"오히려 이쪽에서 염치를 무릅쓰고 폐를 끼칠 작정이었는데, 먼저 말씀하시니 예의는 아닌 줄 알지만 하룻밤 신세를 지겠습니다."

"누추하지만 주무신다면 저로서도 기쁜 일입니다."

왕동은 여인이 이끄는 대로 방안으로 들어갔다.

비록 작은 방이었지만 정갈하게 꾸며 놓은 것이 편안함을 주었다. 방안에서는 이상한 향내까지 진동하였다. 그윽한 향내를 음미하면서, 불빛 아래 비친 여인을 자세히 바라보았다.

'정말 아름다운 여자야. 이렇게 고운 여자를 만날 수 있다는 것도 큰 행운이지. 그런데 이 무서운 산 속에서 저런 여자가 홀로 있다는 것이 이상한 노릇이군…… 혹시 귀신이 아닐까? ……아니지. 완전한 인간의 모습이잖은가.'

워낙 믿기 힘든 일이 벌어지자, 왕동의 마음 속에서는 이런저런 생각들로 복잡했다.

이윽고, 하얀 행주치마를 허리에 두른 여인이 밥상을 가지고 들어왔다. 밥상을 들고 걸음을 옮기는 여인의 갸날픈 몸매와 매끈한 살결이 잘 어울렸다.

간소한 저녁상인데도 불구하고 언제 준비했는지, 꽤나 먹음직스런 음식들이 올려져 있었다.

"이거 실례를 무릅쓰고 맛있게 먹겠습니다."

왕동이가 인사치레를 하자 여인은 씽긋 웃었다. 그런데 잇몸에 드러나는 살이 유난히 검었다.

왕동은 꼭 그것 한 가지만이 이상할 뿐이었다.

"아무것도 차린 것이 없습니다만 정성만이라도 받아주십시오."

왕동은 체면을 차릴 처지가 아니었다. 양손에 이것저것 가득 들고 게걸스럽게 먹기 시작했다.

그런 왕동을 물끄러미 쳐다보던 여인이 우스웠는지 입을 살짝 가리고 미소를 지었다.

"천천히 드십시오. 밥은 얼마든지 드릴테니까요."

왕동은 정신없이 두세 그릇을 뚝딱 해치우고는 쑥스러운 웃음을 지어보였다.

"배가 고파 정신이 아찔 할 지경이었는데, 너무나 달게 먹었습니다. 이렇게 맛있는 밥은 난생 처음인 것 같군요."

"원, 별말씀을 다하십니다."

은은한 푸른 눈매에 미소까지 띄우고 부엌으로 나가는

여인을 조금도 의심할 수는 없었다.

밤은 이미 깊을 대로 깊었다. 여인은 희미한 등잔불 밑에서 바느질을 하고 있었다.

왕동은 산 속 깊은 곳, 그것도 작은 방안에서 이렇게 아름답고 예의바른 여인과 함께 한다는 것이 믿기지가 않았다. 그럴수록 실수를 해서는 안 된다고 스스로 마음을 다잡아먹고 먼저 자리에 들었다.

등잔불에 비친 여인의 옆모습이 고혹적이었다. 왕동은 여인의 바느질하는 모습을 감상하다가 너무도 지친 탓에 자신도 모르게 잠이 들었다.

얼마나 잤을까. 무엇인가 가슴에 와서 닿는 것이 있었다.

뭉클……

꿈인것도 같고 현실인 것도 같았지만 무거운 눈꺼풀을 뜰 수가 없었다.

깜박 잠 속으로 빠져든 것 같은데 이번에는 좀더 강한 살결이 느껴졌다. 참으로 보드라운 느낌이라고 생각하던 왕동이 슬몃 눈을 떠보았다.

이건 또 웬 노릇인가. 여인이 어느새 왕동의 이불 속에 들어와 자신의 몸에 안겨 있는 것이 아닌가.

'아무래도 꿈일 거야.'

왕동은 가만히 손가락을 움직여 보았다. 여인의 탄력 있는 피부가 만져졌다. 분명히 꿈이 아니었다. 그 여인이 틀림없었다.

왕동은 동소문에서 청상 과부와의 사건이 있었던 터라

호흡을 가다듬으며 생각을 정리했다.

'금년에 내 운세가 여인들이 나를 괴롭히는 운인가 보군……'

운도 다 때가 있는 법. 한편으로는 맘껏 즐겨야겠다는 생각이 들었다. 게다가 이 여인은 천하일색이라고 해도 틀린 말이 아니었다.

왕동은 손을 가만히 뻗어 여인의 가슴을 파고들었다. 뭉클한 촉감이 느껴지자 가슴에서 방망이질하는 소리가 들렸다. 마른 침을 한번 삼키고는 좀더 과감하게 탄력있는 젖가슴을 만져보았다.

아직 남자를 모르는 처녀인 듯싶었다. 여인이 꿈틀하는 것이 느껴지자 왕동이 입을 열었다.

"이래도 괜찮겠습니까?"

"산 속에서 몇몇 해를 외로운 몸으로…… 낭군은 부디 용서해주십시오."

"……"

어느 틈에 여인의 눈에서 눈물이 흘러내렸다. 왕동은 어쩔 줄 모르고 당황할 뿐이었다.

여인이 흐느껴 울기 시작하자 왕동은 여인을 포근하게 안아주었다.

"묻는 내가 바보였소. 용서하시오."

왕동은 여인의 외로운 입장은 헤아려 보지 않고 자신의 결백만을 생각한 것이 후회스러웠다.

자신도 그 여인에게 색정을 느끼지 않은 것은 아니었다. 그러나 그보다는 자신을 통해 여인이 위로를 받는다면 아주 기쁘게 살을 맞댈 수 있을 것 같았다.

산중에 밤은 그 깊이를 헤아릴 수가 없다. 그 밤처럼 어느새 여인과 왕동은 능숙하게 서로를 탐하기 시작했다.

그런데 묘한 일이 벌어지고 있었다. 여인의 입에서 한 개의 하얀 구슬이 입술을 맞출 때마다 남자의 입으로 들어갔다, 나왔다 하는 것이었다. 그리고는 밤이 지새도록 남자는 여자의 훌륭한 노리개였다.

"이쪽으로 이렇게…… 저쪽으로……"

여인이 시키는 대로 남자는 그대로 따라 할 뿐이었다. 또한 여자는 여자의 위치를 지키고, 남자는 남자의 위치를 지키는 것이 아니었다. 여자가 완전히 남자의 위치까지 마구 바꾸고, 남자가 하는 체위에까지 있는 것이었다.

그것은 왕동이도 눈치채지 못하는 사이에 자연스럽게 이동되는 자세였다.

구슬의 신기한 이동은 입술을 맞추는 동안만 그러는 것이 아니었다. 서로 밀착된 자세에서도 계속 여자의 입 속에서 남자의 입 속으로 넘나들었다. 사람을 뇌살시킬 것 같은 야릇한 향내가 감도는 하얀 구슬이었다.

그간 많은 여자를 거친 왕동이로서도 이렇게 이상한 노릇을 해보기는 처음이었다. 왕동은 지금까지 음양이 하나가 되어야 남녀의 행위에 쾌감이 솟는 것이라고 생각했다. 그런데 이런 행위에서도 묘한 기분에 사로잡히는 자신이 스스로도 이상하게 여겨졌다.

아찔한 향내 탓인지 쾌감을 느끼는 여인의 표정 때문

인지 갈피를 잡을 수 없었다.

왕동은 자기 식대로 여인을 끌어 볼 욕심으로 몸을 뒤척였다. 그러자 여인이 흥분에 겨운 눈으로 왕동의 귀에 나직이 속삭였다.

"제가 싫으세요……"

왕동이도 싫은 마음은 없었다. 즐겁고 이상한 밤이 주는 묘한 매력에 빠져있을 뿐이었다.

"별소릴 다하우."

왕동도 어느새 부부처럼 친밀감을 느끼고 있었다.

야릇한 향내는 계속 왕동의 머릿속을 뒤흔들어 놓았다. 무슨 냄새일까? 하는 궁금증이 들었으나 물어 볼 수는 없었다.

그 향내는 하얀 구슬뿐만이 아니라 여인의 몸에서도 진하게 풍겨왔다.

어느덧 새벽이 되었다. 밤새도록 서로 그 짓을 반복했지만 피곤은 별로 느껴지지 않았다. 날이 훤히 밝아왔다. 얼핏 잠이 들었던 왕동이 먼저 깨어나서 여인에게 인사를 했다. 작별의 인사였다.

"신세를 많이 졌소이다."

"떠나시려구요? ……하루 밤을 자도 만리장성을 쌓는다는데 이렇게 가시다니요."

"꼭 가야되겠는데……"

"너무 무정하시군요, 흐흑……"

여인이 원망섞인 눈으로 바라보았다.

할 수 없이 왕동이는 내일 떠날 것을 결심하고 주저앉

앉다. 그리고는 그 날 하루를 낮잠으로 피곤을 풀었다. 여인은 낮 동안 내내 바느질을 하고 있었다.

또다시 밤이 찾아왔다.

"오늘 저녁은 피곤하실 텐데 일찍 주무시지요."

왕동은 초저녁부터 이불 속으로 들어갔다. 왕동이 눕자, 어느새 여인도 옷을 벗고는 이불 속으로 따라들어오는 것이었다. 그리고는 다시 왕동의 입에 이상한 구슬을 굴려 넣었다.

'이것은 또 새로운 맛인걸…… 아주 달콤해.'

어제 저녁하고는 완전히 다른 구슬이었다. 구슬의 크기도 다르고 맛과 향도 별스러웠다.

그 밤도 역시 여인은 밤새도록 왕동이를 자지 못하게 하였다. 그 밤은 전날보다 훨씬 더 꿀맛같은 밤이었다. 또 하루 밤이 속절없이 흘러가 버렸다.

아침이 되자 왕동은 속으로 꼭 떠날 것을 결심했다.

"가실 생각을 하셨지요?"

어떻게 알았는지 여인은 왕동이에게 애원하는 눈빛으로 쳐다보았다.

왕동은 차마 간다는 말도, 가지 않는다는 말도 못하고 멍청하게 서 있었다. 그런 왕동을 여인이 다시 끌어앉혔다.

"못 가셔요……"

왕동은 애틋한 눈빛으로 사정하는 여인을 똑바로 쳐다볼 수가 없었다. 고개를 옆으로 돌리고 사정하듯 입을 열었다.

"집 떠난지가 너무 오래 돼놔서……"

"이제부터 집은 여긴걸요."

"예에?"

"여기가 집이라고 생각하시라니까요."

"……"

"절 버리고 가시지 못하세요."

자존심이고 뭐고 다 팽개쳐버린 젊은 여인의 하소연을 뿌리치고 도망갈 수가 없었다.

여인이 왕동의 보퉁이를 끌어다 구석에 밀쳐 놓자, 왕동은 할 수 없이 벌러덩 방에 누워버렸다.

그 날도 왕동이는 하루 종일 피곤한 육신을 낮잠으로 때웠다.

하루 해는 속절없이 넘어가고 어느새 밤이 다시 찾아왔다. 왕동은 구슬놀이를 하지 말아야 자신을 보내 줄 것 같은 생각이 들었다. 그래서 오늘 밤만은 각각 따로 잘 것을 결심했다.

왕동은 잠자리를 펴고 등을 돌려 자는 척하려고 했으나 어느새 여인은 곁에 와서 누워 있었다.

밤이 깊어지자 여인은 왕동의 귓속에 대고 속삭였다.

"이제부터는 다른 생각하지 마시고 저와 평생을 함께 해요. 제가 이 몸을 바쳐서 모실게요."

왕동은 한평생이란 말이 나오자 불현듯 산채에 있는 가족이 떠올랐다. 그렇다면 사랑하는 아내와 딸은 어떻게 하란 말인가.

그것만은 안 된다. 그렇게 마음 속으로 작정했지만 여

인의 애교와 위엄에 이기지 못하고 정작 입에서는 다른 말이 나왔다.

"당신만 싫지 않다면……"

그날 밤도 다른 날과 다르지 않았다. 여전히 구슬은 서로의 입속에 매혹적으로 넘나들었다. 이번에는 새콤한 단맛이 입속으로 스며들었다. 여인의 붉고 농염한 혀에서 하얀 빛을 발하는 구슬이 남자의 혀로 넘어가고, 그리고는 다시 여인의 입으로 넘어오는 것이다.

어떤 때는 남자의 배에서 가슴으로, 목으로 여인의 혀에 움직임에 따라 구슬은 굴러 다녔다. 왕동의 입에서도 신음이 흘러나오기 일쑤였다.

밤이 깊어갈수록 두 사람의 은밀한 농도도 짙어 갔다.

여인이 너무 색을 밝히는 것도 남자에게는 어쩔 수 없는 고통이었다. 그러나 고달프더라도 싫지 않은 것이 또한 남자의 본능이었다.

왕동이도 날마다 피곤한 몸 때문에 잠깐씩 몸이 걱정되기도 했다.

'이러다가는 뼈만 남지 않을까?'

그러나 이런 생각은 이미 여인의 치마폭 속에 깊숙히 파묻힌 뒤였다.

왕동이 눈을 떠서 하는 일이라고는 낮에는 낮잠을 자고 밤에는 여인과 동침하는 일이 전부였다.

이런 날이 벌써 열흘이 넘어가고 있었다. 무엇에 취한 듯 꿈을 꾸듯 나른한 몸으로 자신을 내맡기고 있었던 것이다. 이제 왕동의 튼튼했던 몸도 뼈만 앙상했다.

왕동은 어느날 세수를 하다가 자신의 얼굴을 찬찬히 만져보았다.

'언제 이렇게 상했을까. 따로 해골이 없겠는데……'

자신의 몸이 이렇게 빨리 상할 줄은 왕동이 자신도 전혀 예상하지 못한 일이었다.

"신선노름에 도끼 자루 썩는다더니, 여자 노름에 귀신 되는 것을 모르고 있었구나."

자신의 처지가 한심하다는 생각이 들자 산채에 있는 아내와 딸이 사무치게 그리워졌다.

자신의 몰골을 확인하고 나서야 무엇인가 잘못되고 있다는 생각이 들기 시작한 것이다.

왕동은 첫날부터 이상했던 일들을 떠올렸다. 여인이 먼저 자신을 유혹했던 일, 이상한 향내와 구슬, 입 속의 살색이 까맣던 것, 양식 걱정 없이 사는 일…… 의심이 의심에 꼬리를 무는 법이었다.

그 날부터 왕동이는 여인의 행동을 은밀하게 주시했다. 그전에는 아름답기만 하던 여인이 마음을 먹고 바라보자 이상한 곳이 보이기 시작했다.

문득, 여인이 왕동이 앞에서는 좀처럼 뒷모습을 보이지 않으려고 한다는 점이다.

'오늘 밤에는 꼭 시험해 볼 것이다.'

드디어 밤이 되자 왕동은 다시 한번 마음을 굳게 먹었다.

그 날도 역시 여인은 조금도 주저하는 기색 없이 이불 속으로 들어왔다. 왕동은 마음먹은 대로 여인의 엉덩이를 툭 쳐보았다. 예상한 대로 여인이 깜짝 놀라는 것이었다. 그러자 왕동은 구슬놀이에 흥분한 듯 눈을 감고 모르는 척했다.

오오라! 그러면 그렇지…… 무엇인가 알 듯했다. 이 여인이 사람이 아닌 것은 분명하다고 생각하고는 여인에게 좀더 강한 애무를 하기로 작정했다.

왕동의 손길이 빨라졌다. 목에서 젖가슴으로 향하던 손길이 어느새 여인의 엉덩이를 어루만지기 시작했다.

분명하다!

그 곳에는 꼬리의 흔적이 역력했다. 왕동이는 지금까지 여우에게 홀리고 있었던 것이었다. 여우라는 사실을 알고 나서도 어쩔 수 없이 여인을 품고 있노라니 소름이 끼쳤다.

끔찍한 일이었다. 우습기도 하고 무서운 생각이 들기도 했다. 복잡한 머리를 가까스로 달래며 날이 새기를 기다렸다.

마침내 창틈으로 희뿌옇게 동이 터 오고 있었다. 그 무렵, 여인의 입에서 넘어 온 구슬을 왕동이 꼴깍 삼켜버렸다. 그리고 나서 여인을 바라보니 그녀의 얼굴 빛이 새하얗게 질려갔다.

"캥캥…… 캐캥…… 캥……"

서너 번 이상한 소리를 내더니, 쿵 소리와 함께 호랑이만한 큰 여우가 나동그라졌다.

왕동은 때를 놓치지 않고 달려들어 뱃가죽을 갈랐다. 손가락에 힘을 주어 사람의 탈을 쓴 여우의 가죽을 힘껏 베꼈다.

가는 실핏줄이 튀면서 허연 속살만 남은 채 여우는 말이 없었다. 재주에 비해 왕동이에게 너무 쉽게 당한 것이다. 왕동은 여우의 가죽을 몸에 지닌 채 뒤도 돌아보지 않도 뛰기 시작했다.

휘청이는 다리로 얼마나 뛰었을까. 뒤를 돌아보니 초가집 자리에는 덩그러니 파인 흙무덤뿐이었다. 다시 돌아선 왕동은 자신의 얼굴을 문질렀다.

"기운이 다 빠졌구나. 저 요물과 삼칠일만 계속 했었어도 뼈도 못추렸겠지…… 산신이 아직 날 버리지 않은 거야."

왕동은 마음 속으로 다짐했다. 무슨 일이 있어도 여인들의 유혹에 빠지지 않겠다고……

왕동은 후들거리는 다리를 간신히 세워 천복산을 향해 걸음을 옮겼다.

왕동이 망태기 속에서 여우 가죽을 꺼내 들었다. 여러 두령들은 생전 처음인 꼬리 여럿 달린 여우 가죽을 보고 혀를 내둘렀다.

"야, 꼬리가 몇 개야?"

"여우가 이만하니 둔갑을 안 할 수 있겠나."

"그런 여우를 만나서 살아 돌아온 사람은 세상에서 하두령 하나뿐일 거야."

여기저기서 경탄과 칭찬이 쏟아졌다. 그러나 아직도 정신이 나간 듯 서 있던 왕동이는 먼저 부인을 찾았다.

나 두령은 구석에서 모든 이야기를 듣고는 훌쩍거리고 있었다.

"울기는……"

왕동이가 나 두령에게 다가가 속정이 그득한 말로 미안해했다.

"하마터면 당신과 생이별을 할 뻔했는데 눈물이 안 나오겠어요?"

옆에 있던 두령들이 목숨을 건진 하 두령과 부인을 보고 축하의 웃음을 터뜨렸다.

"하하하…… 금실도 부럽구먼."

"여우가 나 두령만 하던가?"

"흐흐흐…… 나도 한번 홀려봤으면 소원이 없겠구먼……"

"떼끼 이 사람아, 농담이라도 끔찍한 말 말게."

두령들이 주고 받는 얘기를 듣고 부부는 그제야 빙긋이 웃음을 지었다.

"이제 다시는 한양 가지 마세요."

"다시는 안 갈라네. 나도 이번에 아주 질렸네."

"정말 이제는 안 가시는 거죠?"

"약속하네."

눈물이 글썽글썽한 나 두령은 그 날 하루 종일 하 두령의 곁에서 떠나지 않았다.

왕동은 도착한 이후로 며칠을 혼곤한 잠에만 빠져 지냈다.

역적의 무리들

천복산의 모든 식구들은 청석골로 들어가기를 희망했다. 이제 해토도 되고, 완전히 봄 소식이 천복산에 깃들기 시작했기 때문이었다. 청석골로 돌아가기 위한 의견은 분분했다.

"강원도 산골은 이제 지긋지긋해."

"감자도 싫고 강냉이도 신물이 났어. 하루빨리 청석골로 돌아가야 해."

"황해도 흰 쌀밥을 어서 먹고 싶어."

"도로 갑시다! 청석골로! 우리가 우기는데 대장만 남겠다고 하지 않겠지."

"비가 오기 전에 빨리 가서 집들을 지어야 할텐데."

어느날 취의청에 여러 두령들과 꺽정이 모여 앉았다.

청석골로 돌아가기 위해 부하들의 의견을 꺽정에게 전하기 위해서였다. 먼저 청석골이 본바닥이었던 늙은 예가가 운을 띄웠다.

"해토도 되고 했으니 우리 모두 청석골로 옮겨가야 합니다."

"옛터가 그리운 모양이군."

옛날 생각이 났는지 꺽정이 한마디 했다.

"옛터고 뭐고간에 감자 찌꺼기 먹기 싫어서라도 떠나야겠어."

"그야 그렇지만 여기가 제일 편안하지 않우? 관군이 쳐들어오기도 힘들고……"

곽서의 말에 예가가 목소리를 높였다.

"우리가 이 만큼이나 식구가 늘었는데 그까짓 관군 몇 천 명이 무섭소?"

자신감이 넘치는 예가의 주장에 한 사람도 반대하는 사람이 없었다. 거의 모두 청석골로의 복귀를 찬성하는 분위기였다.

묵묵히 앉아있던 꺽정도 이런 분위기를 감지하고 다시 돌아가는 쪽으로 마음을 정했다.

"여러 두령들이 좋다면 나도 반대할 이유는 없소."

의견이 거의 일치를 보려는데 그 동안 말이 없던 서림이 나섰다.

"우선 옮기는 것은 좋은 의견입니다. 하지만 청석골은 마땅치 않습니다."

"왜요?"

예가가 불만 섞인 목소리로 되물었다.

"본시 망한 터로는 돌아가지 않는 법이오."

"망한 터?"

"그렇소. 청석골로 가는 것보다 고개 하나만 더 넘으면 흑석골(黑石洞)이 있지 않습니까. 그 흑석골이 바로 제왕배출지지(帝王輩出之地)입니다."

"제왕배출지지가 뭐요?"

꺽정이 눈빛을 빛내며 물었다.

"임금님이 나실 곳이란 말씀입니다."

"뭐요?"

다시 한번 묻듯 꺽정의 눈이 달라졌다.

"곧 새로운 임금이 이 강산에 나타나실 판국이란 말씀입니다."

"어째서 그렇소?"

"그 곳은 좌청룡 우백호 남주작 북현무(左靑龍 右白虎 南朱雀 北玄武) 어느 한 곳도 조화를 잃은 곳이 없지요."

"그것으로 새로운 임금님이 나실 터라고 확신할 수 있소?"

"그뿐이 아닙니다."

"또 뭐요?"

"그 부근이 모두 백토(百土) 지리일 뿐 아니라 제왕성(帝王星)이 날마다 그 곳으로 내리뻗치고 있습니다."

"제왕성이라……"

"네, 운명입니다. 임금님이 나실 곳을 향해 그 기운이 뻗치는 운명의 별이지요."

꺽정이 고개를 끄덕이자 서림이 더욱 다그쳤다.

"그 곳으로 곧 옮기는 편이 좋겠습니다."

드디어 꺽정의 마지막 명령이 떨어졌다.

"사흘 후에 이곳을 떠난다! 한꺼번에 몰려가면 수상하게 여길 테니 두 패로 나누어서 가기로 하자!"

명령이 떨어지자 단계적으로 짐을 꾸리는 일부터 시작되었다.

황막한 폐허…… 청석골의 옛터는 형태조차 찾아볼 길이 없었다. 과거에 번화하던 그 곳을 이제 눈꼽만치도 찾아볼 수가 없게 된 것이다. 관군이 몰려와서 난리를 쳤다 해도 집터에서 잘 가꾸어 놓았던 길까지 완전히 초토화 상태였다.

예가는 이 광경을 보고 허무한 생각이 들었다. 몰래 눈물을 훔치는 예가의 쓸쓸한 어깨를 보고 꺽정이 다독였다.

"눈물은……"

꺽정이 역시 마음이 편치 않아 목멘 소리였다.

"강산이 변한다고 하지만 이렇게까지 변할 수 있소?"

고향과 같았던 청석골을 안타깝게 여기는 예가의 탄식이 애틋했다. 흑석골로 가기를 주장한 서림이 한마디 덧붙였다.

"그러기에 청석골을 버린 것이 아니오."

"아무리 부서지고, 깨지고, 없어지고 했지만 난 이곳이 좋아……"

예가는 첫여자같은 청석골을 잊을 수가 없었다. 그런 예가를 보고 방중달이 핀잔처럼 한마디 던졌다.

"재수 없다는데 뭘하러 여기서 머뭇거리우. 어여 갑시다."

흑석골로 가는 천복산 식구들의 위세는 굉장했다. 그러나 청석골을 바라보는 그들의 눈도 착잡하기만 하였다.

청석골을 지나 고개 하나만 넘으면 흑석골이었다. 모두 그 곳으로 향하였다. 임금을 배출할 땅이라는 소문이 돌아 모두들 궁금해했다.

흑석골에 먼저 도착한 사람들 입에서 탄식이 흘러나왔다. 그전에 늘 보아왔던 곳이었지만 다시 보니 평범치 않은 풍수를 타고 난 곳 같았다. 더 나아가서 흑석골의 면면이 웅장하고 장엄하게 보이기까지 했다.

"이만하면 마음에 드십니까?"

"청석골보다는 열 갑절은 좋아 보이오."

"여기가 바로 역적골입니다."

"역적?"

만족해하던 꺽정이 서림의 말에 놀라며 반문했다.

"성즉 군왕이요, 패즉 역적이라는 말입니다. 우선 시작할 때는 역적이 아니겠습니까?"

"우하하하……"

"하하하……"

주위에 있던 두령들까지 모두 웃음을 터뜨렸다. 흑석

골로 거처를 정한 이상 임시 숙소를 짓는 것이 급선무였다.

우선 탑고개 동네와 포교역말로 두령과 졸개를 보냈다. 그 곳에서 비를 피할 천막과 양식, 한동안 먹을 밑반찬들을 얻어왔다.

아무것도 없었던 산골짜기 넓은 들 위에 차일이 처지고 사람들이 웅성거렸다. 사흘만에 급한대로 임 두령 처소와 회의 장소를 만들었다. 그리고 보름이 지나자 다른 두령들과 졸개들의 집도 대강은 들어서게 되었다.

"이만한 땅이면 충분히 역적질을 도모할 만하겠소?"

제왕배출지지라는 말에 더욱 고무가 된 꺽정이 흑석골을 그윽히 바라보면서 물었다.

"오히려 넘고도 남습니다. 이제 두고 보십시오."

서림의 공손한 대답이었다. 한 달이 지나고 두 달째 접어들 때에는 즐비한 기와 초가가 오히려 옛날의 청석골을 능가할 만큼 되었다.

"이제 큰일을 하게 될 것입니다."

"무얼 두고 하는 소리요?"

"대장께서 곧 화가위국(化家爲國)하시게 될 것입니다."

"화가위국이 뭐요?"

"화가위국이란 집이 변하여 나라가 된다는 뜻입니다. 우리의 경우에는 녹림출신이니까 누가 뭐래도 화가위국은 틀림이 없습니다."

흑석골이 커져서 나라가 된다는 것은 꺽정에게 의미심

장하게 들렸다.

"정말이오?"

"거짓말을 할 리가 있겠습니까."

서림의 자신감에 꺽정의 가슴도 한껏 부풀어 올랐다.

청석골보다 활용 공간이 넓고 또 웅장한 것이 흑석골이었다.

서림은 아무리 보아도 흑석골이 명당인 듯 혼자 고개를 끄덕이며 만족해했다.

"흑석골이라야 됩니다. 청석골은 너무 맑아서 고기와 용이 놀 자리가 못 됩니다."

"또 흑석골 타령이군. 하하하……"

서림은 입만 열었다하면 흑석골을 예찬하느라고 헛바닥이 아플 지경이었다.

흑석골의 골격이 어느 정도 잡히자 고개 너머 청석골로 부하들을 보냈다. 청석골을 비워놓고 도망칠 때 여러 곳에 묻어놓고 간 병장기며 곡식, 세간 나부랑이들을 모조리 파내게 하기 위해서였다.

부하들은 그 중에 쓸 만한 것은 거두고 그렇지 않은 것은 땅 속에 다시 파묻었다.

꺽정이 부하들을 이끌고 천복산에서 흑석골로 온지 두 달되는 날, 흑석골에서는 한바탕 잔치가 벌어졌다.

"오늘은 우리 흑석골의 완성을 축하하는 낙성연이니 마음껏 마시고 즐겨라."

꺽정의 말이 떨어지기가 무섭게 흑석골 안이 술과 떡으로 흥청거렸다. 흑석골 집들이에는 인근 각 고을의 아전들이 근 이십여 명이나 참석한 것이 눈에 띄었다.

관가의 행정관리들이 도적들의 집들이 잔치에 참석한 다는 것이 우습기 짝이 없는 노릇이었다. 그만큼 꺽정이 이름을 떨치고 있다는 뜻이었다. 일부 아전들은 혹 뒤탈이 두려워 일부러 참석한 경우도 있었지만, 진정으로 꺽정을 우러러 보는 이들도 많았다.

"오늘 잔치는 참으로 훌륭합니다."

"하늘이 아시고 날씨까지 참 좋습니다요."

봉산 어방이 꺽정의 눈치를 살피며 칭찬하자 신계 이방도 이에 질세라 꺽정에게 아첨하기 바빴다.

이 잔치에는 참석한 이들 말고도 미처 오지 못한 다른 아전들과 마을의 부자들이 보내온 돈과 뇌물이 그득이 쌓였다.

"저게 다 뭐요?"

황주 아전이 쌓인 재물을 보고 서림에게 물었다.

"모두 각 고을에서 보내 온 공물들이오."

"정말 훌륭하십니다."

"어디 훌륭하다뿐이오?"

신계 아전이 봉산 아전을 보고 눈까지 껌벅이며 낮은 목소리로 말했다.

"우리도 줄을 잘 서야 하오."

"왜요?"

"꺽정이 두령에게 잘 보여야지."

"그건 그렇소. 아무래도 꺽정 두령의 세상이 한번 올 거요."

"암, 오고말고요. 배포가 이만저만 해야지."

"걸출한 인물임에는 틀림없소. 우리 고을 사또보다야 낫지."

"여보, 큰일날 소리 하지 마소."

"왜요?"

"한 고을의 사또에 비해서 되겠소?"

"하기사 나라의 임금이 되실 줄도 모르는 분을……"

"쉬, 쉿……"

꺽정이 옆에 앉아서 술타령하던 여러 고을의 이속들이 제각각 주고받는 말들이었다.

"기상이 오죽 좋은 양반이오? 덕만 쌓으시면……"

"기상이야 임금님보다 더하지요."

이 때 여러 아전에게 꺽정이 술 한잔씩을 나누어 주었다.

"황감합니다요."

아전들이 일어나 공손하게 잔을 받았다.

"송구스럽습니다."

꺽정도 일일이 겸손한 인사말을 해가며 잔을 돌리자, 여러 아전들이 꺽정이 앞에서 몸둘 바를 몰라 했다.

여러 고을 아전과 지방 유지들까지 참석한 흑석골 잔치가 무르익었을 때, 흑석골의 위세를 선보여야 할 차례가 되었다.

취의청 앞에서는 청포로 만든 장막을 벌려 세우게 하고 취의청 안 정면에는 해와 달을 그린 열두 폭 큰 병풍이 드리워져 있었다. 그 아래 주홍칠을 한 큰 교의가 버티고 서 있었는데 거기에는 용과 호랑이가 그려져 있어 위엄을 더하였다.

그 교의 옆으로는 작은 교의들이 줄줄이 늘어서 있었다. 취의청 전후좌우에는 깃발과 창검이 우뚝이 솟아 있고, 도끼날이 달린 부월을 벌려 세워놓아서 마치 대궐 안의 열병식을 방불케 했다.

"그만하면 나라도 세울 만한 큰 역적의 위세요."

"역적이 뭐요. 곧 임금이 되실 텐데……"

"병력만 있으면 무한양 게 없겠구려."

아전들은 흑석골 위세에 감탄해 넋이 나갈 지경이었다.

"벌써 많이들 모였소. 이제 시간문제요."

"꺽정이 두령이 모든 백성에게 덕을 베푸는 일만 남았소."

"훔치거나 무력을 쓸 때에도 명분이 서야 합니다."

아전들과 서림이 서로 조언을 해가며 열병식이 시작되기를 기다렸다.

산바람에 펄럭이는 깃발, 햇빛에 반사되어 눈이 부신 창검과 부월. 북소리만을 기다리는 대단한 위엄이었다. 마침내 북소리가 울렸다.

"둥! 두둥! 둥!"

흑석골 넓은 들안에 요란한 북소리가 울려 퍼졌다. 사람들은 흑석골 기세에 눌려 감탄만을 연발할 뿐이었다.

꺽정이 큰 교의에 앉아 있다가 천천히 일어섰다.

"점고(點考)를 해보아라."

졸개들은 모두 흰 수건을 머리에 둘렀는데, 마치 목화 송이가 넓은 들판에 활짝 핀 것만 같았다.

두목들은 머리에 벙거지를 섰고, 여러 두령들과 두 호위병은 산수털 벙거지와 붉은 예복을 입고 있었다.

서림은 당건에 긴 사립을 쓰고 벼슬아치들이 입는 창의를 걸쳤으며 꺽정이는 몸에 곤룡포를 입었고 머리에는 금관을 썼다. 또한 목에는 금으로 만든 긴 줄이 늘어져 있어 임금의 품격과 다를 바가 없었다.

이것은 모두 서림이의 머리에서 짜내어진 기구와 조직이었다.

사람들은 이런 산중에서 이렇도록 대단한 광경이 벌어지리라고는 누구도 예상치 못했었다. 그저 어안이 벙벙할 뿐이었다.

"도성안을 방불케 하오."

"관군의 위세가 오히려 부끄러운데."

두령들 가운데는 나 두령과 양 두령이 눈에 띄었다. 두 여두령은 남자 복장을 하지 않고 특별히 여자 복장을 했는데, 나삼을 입었고 허리에는 긴 칼을 차고 있었다. 그것을 본 여러 아전들과 포관들이 소근거렸다.

"저게 소문이 자자한 여두령들이오?"

"그런 모양이오. 보기 힘든 구경인데……"

"칼을 차고 있어도 미색은 미색이오."

"저쪽이 양 두령이고, 그 옆이 하 두령 부인이라우."

"무얼 보고 여자가 두령이 되었을꼬?"

"한 사람은 검술이 귀신 같다우."

"또 한 사람은?"

"나 두령은 지략이 뛰어나 공명을 방불케 한다우."

"허 참……"

하나에서 열까지 감탄을 하지 않을 수 없었다.

"이대로 흑석골이 커져가다가는 금방 일이 터질 것 같소그려."

"일이 터져도 잔치에 온 정이 있는데 우리까지 다칠까."

아전들의 수군거림과 경탄이 잦아들자, 꺽정이 총지휘격인 이룡을 보고 명을 내렸다.

"그만 점구를 해보아라."

"네, 시작하겠습니다. 방 두목 점고를 시작하오."

부지휘자인 방중달에게 명이 전달되자 사방이 순식간에 조용해졌다.

다시 북소리가 흑석골을 뒤흔들었다. 그 소리에 맞추어 마중손과 편달쇠가 도록을 들고 이름을 부르기 시작했다.

"박갑돌."

"네, 등대하였습니다."

"박쇠."

"여기습니다."

"조오쟁이."

"네."

"배삼득이."

"네."

"천병갑이."

대답이 없었다.

"천병갑이."

천병갑이는 귀머거리였다. 두어 번을 연거푸 부르자, 옆에 있던 친구가 그의 옆구리를 찔러 대답을 하게 했다.

"네에."

호명하는 이의 바로 앞에서 우렁차게 대답하자, 모두 웃음을 참느라 고생을 했다. 그 중 박쇠가 견딜 수 없어 웃음을 터뜨리는 순간, 편달쇠의 솥뚜껑같은 손이 번쩍 날아들었다.

딱! 딱! 두어 번 따귀를 사정없이 후려갈기자, 좌중은 쥐죽은 듯이 조용해졌다.

"이노세."

"네."

"메돌이."

"네."

이름을 호명해야 하는 숫자만도 삼백여 명이 되는데다가 두 번씩 부른 탓으로 한 시간여가 지나서야 겨우 점고를 마칠 수 있었다.

점고가 끝나자마자 기세등등한 열병식이 시작되었다. 높은 교의에 앉아 바라보던 꺽정의 입가에 웃음이 떠돌았다. 그것은 자신감에 가득찬 미소였다.

배부른 자는 똥을 싸지 않는다

이웃 마을에서도 큰 부조가 있었다. 또한 근처의 유지들 모두 흑석골에 공물을 바쳤다.

그러나 삼백여 명이 넘는 군사들의 입 앞에서는 산더미같던 양식도 오래 가지 못했다.

꺽정은 서림과 머리를 맞대고 의논했다.

"식구가 많아서 야단이오."

"글쎄올습니다."

"식구를 줄일 수는 없겠소?"

"나날이 저희 세력이 커져서 그것을 보고 입산하는데 무슨 수로 막겠습니까."

"하기야 나쁜 일은 아니오만…… 무슨 좋은 수가 없겠소?"

"좋은 수가 있습니다."

"그게 뭐요?"

"평양 부근에 사는 부자들을 터는 것입니다."

"길이 너무 멀지 않소?"

"좀 멀기는 합니다만……"

"멀어서 재물을 운반하기가 쉽지 않은 게 문제구려."

"그것도 방법이 없는 것이 아닙니다. 소와 말을 대량으로 징발하는 것입니다."

"소와 말을?"

"일석이조란 말씀입니다. 소는 잡아먹고, 말은 군대 조련에 쓰면 되고…… 허허허."

"허, 그것 참 훌륭한 생각이오. 서 종사는 나에게 공명이라니까."

평안도는 본래 양반이 없었다. 그대신 중국과의 밀접한 무역 관계로 큰 부자가 많았다.

"평안도엔 만석꾼들만 스무 집이 넘습니다."

서림이 침이 마르게 부채질하자 꺽정이는 더욱 귀가 솔깃해졌다.

"그게 정말이오?"

"강서에 우 만석, 영변에 차 만석, 선천에 하 만석, 평양성 내에도 만석꾼이 다섯 명이나 되는 걸로 알고 있습니다."

"그 자들을 모두 우리 당으로 입당시킬 수는 없겠소?"

"그거야 흥정을 잘 해야지요."

"한번 흥정을 해보는 게 어떻겠소?"

"홍정도 우선 털어 온 후에 해야 합니다."

"그건 왜?"

"손해를 보아야만 정신이 들 게 아닙니까."

"그렇군…… 그래야 긴 말이 필요치 않지."

두 사람은 밤이 새도록 평안도 부자들을 털어 올 것과 그들의 입당 여부를 의논했다.

"어느 놈을 먼저 털어야겠소?"

"그게 문제입니다. 워낙 길이 먼데다가 터는 방법이 교묘해야 성공하니까요."

"하기사 그 정도 재물을 쌓으려면 머리도 비상한 놈들일 테니 조심해야지."

"생각할 여유가 필요합니다."

서림은 곧 자기 집으로 돌아갔다. 수시간을 궁리하던 서림이 무릎을 탁 쳤다.

"됐다, 됐어."

혼자 환호까지 지르며 좋아했다.

이튿날 아침, 취의청에 여러 두령들이 모여 앉았다. 꺽정이 먼저 입을 열었다.

"서 종사와 중대한 의논이 있으니 두령들은 돌아가 있게."

여러 두령들은 의아한 눈초리로 서로 얼굴을 마주보며 곧 무슨 일을 생길 것을 직감했다.

"아마 평안도 부자놈들을 털 계획인가 봅디다."

이룡의 말에 다른 두령들 모두 설레어 하는 눈치였다. 두령들이 모두 돌아간 자리에 서림이 꺽정에게 바짝 다가 앉았다.

"됐습니다."

"밑도 끝도 없이 뭐가 됐단 말이오?"

"기막힌 방법을 발견했습니다. 밑도 있고 끝도 다 있습니다."

자신감에 찬 서림이 농담까지 섞어가며 눈을 빛냈다.

"이번 일은 신중해야 합니다. 대장님과 저만 알고 있어야 안심이 됩니다."

"호위 졸개들까지 물리칠까?"

서림이 고개를 끄덕이자 꺽정은 호위들을 멀리 물러나게 했다. 그 때서야 서림은 은밀하게 비책을 설명했다.

"군사는 몇 명이나 필요하오?"

"별로 필요치 않습니다. 처음엔 장님 한두 사람이면 충분합니다."

"무슨 해괴한 소리요?"

"우선 영변의 차 만석꾼부터 털어야 합니다. 그런데 그 자가 미신을 아주 잘 믿지요."

"그래서?"

"그뿐 아니라 그 자의 늙은 어미는 무당과 판수를 더 열심히 믿거든요."

"그래서 그게 장님과 무슨 연관이 있다는 거요?"

서림은 꺽정의 귀에다 대고 낮은 소리로 소곤거렸다. 그 이야기를 듣고 있던 꺽정의 입이 저절로 벌어졌다.

"그렇게 되면 우선 소와 말을 몰고 갈 인원이면 충분하겠구려."

"그렇습니다."

"그것이 그대로 될까?"

"문제 없습니다."

"서 종사 하는 일은 하나도 틀리지 않았지만…… 거리도 너무 먼 게 마음에 걸리고……"

"밤낮으로 달리면 열흘 안에 산더미같은 곡식과 비단을 가져올 수 있습니다."

"그것 참 희안한 일이군."

이틀 후에 일행 오십여 명이 떠났다. 그전에 벌써 영변으로 장님 두 사람을 보낸 뒤였는데 떠난 장님들은 근교의 마을에서 구한 사람들이었다.

여기에서 그치지 않고 용의주도한 서림은 장님이 떠나기도 전에 세 사람을 먼저 보냈다.

영변의 차만석은 구두쇠로 평안도 일대에서 모르는 사람이 없었다. 그러나 그는 노모에게 효성만은 지극했다. 그것은 그가 인색한 것에 대한 손가락질을 피하게 해주는데 도움이 되었다.

어느날 밤이었다. 밤중에 난데없는 까마귀가 큰 나무 뒤에서 울었다.

"까욱…… 까욱."

까마귀는 연거푸 십여 차례를 고목나무 위에서 울어댔다. 한밤중에 우는 까마귀 소리가 반가울 리 없었다.

"밤중에 이게 대체 뭔 일이여?"

노모가 근심스럽게 생각하고 있는데, 까마귀 울음은

그치지 않았다.

"까욱, 까욱……"

"이게 무슨 징조여……"

연이어 우는 까마귀 소리가 불길하게 들렸다. 차만석 꾼의 노모는 그날 밤에 한숨도 자지 못했다. 까마귀 소리가 이 집안에 망조를 가져오는 것만 같았기 때문이었다.

그날 밤 새벽녘에도 까마귀는 계속 울부짖었다. 미신을 숭배하는 집에서는 참으로 곤란한 일이었다. 하룻밤을 까마귀 소리로 새운 차 부자의 집에서는 바로 그날로 기막힌 말이 터져 나왔다.

"몰살해서 죽을 징조."

이런 말이 떠돌자 온 집안은 전전긍긍했다. 그런데 그 이튿날 밤에 또다시 해괴한 일이 발생했다. 그것은 한밤중부터 고목나무 아래에서 여우가 우는 것이었다.

"캐캥…… 캥…… 캥."

처음에는 무슨 소리인가 의심했다. 그러다가 여우의 소리로 밝혀지자, 차 만석의 모친은 까무러칠 뻔했다.

까마귀의 소리처럼 여우의 울음도 그치지 않고 흘러 나왔다. 참으로 괴이한 일이었다. 게다가 여우의 울음 소리는 이상한 여운까지 남기는 것이었다.

"죽음! 멸망! 불행!"

이 모든 것이 너무도 심상치 않은 기운을 느끼게 했다. 차 만석은 며칠째 괴상한 일로 말미암아 마음이 어지러웠다. 게다가 노모의 겁에 질린 수선으로 더욱 혼란에 빠지는 기분이었다.

'구두쇠 노릇으로 돼지새끼라는 말까지 들으며 뼈를 깎아 모은 이 재산을 하루 아침에 망조가 들어 사라진다면 어쩌란 말인가!'

그런 생각을 할수록 몸은 사시나무 떨리 듯했고 마음은 갈피를 잡을 수가 없었다.

까마귀가 우는 것도 불길한데 거기에다가 여우까지 가세를 하니, 차 만석은 잠시도 안정을 찾을 수가 없었다.

'결국 까마귀와 여우의 흉조대로 저승길로 돌아가시는 게 아닌가?'

그런 생각을 하면 늙은 어머니의 모습이 더욱 슬퍼 보였다.

'누가 이 어려움을 해결해 줄 사람은 없을까?'

차 만석은 지푸라기라도 잡고 싶은 심정이었다.

하룻밤이 또 지나갔다. 하루에 한 근씩은 살이 빠질 지경이었다. 그런데도 사건은 계속 벌어졌다.

한밤중에 까마귀도 아니고 여우도 아닌 이상한 소리가 들려 왔다. 그 이상한 짐승은 집 울타리 밖에서 울기 시작하더니 안마당으로 엉금엉금 기어 들어왔다. 짙은 어둠속에서 밤새도록 울더니 홀연히 사라져 버린 것이다.

차 만석이 식구들은 괜히 그 짐승을 해쳤다가는 또 무슨 변고가 생길지 몰라 밤새 속수무책으로 있었을 뿐이었다.

날이 새어 마당으로 나가보니 놀랄 일이 또 벌어져 있었다. 그것은 마당 안팎에 흘려 논 짐승의 검붉은 핏자

욱이었다. 그런데 이 핏자욱을 가만히 살펴보니 무엇인가를 상징하는 무늬 모양으로 수 놓아져 있었다.

"이게 무슨 글자가 아닌가?"

그러고 보니 분명한 글자였다. 이웃집에서 금방 훈장이 불려 왔다. 훈장은 그 글자를 자세히 들여다보더니 한숨을 내쉬었다.

"이게 바로 버들 유자 두 자이고, 다음이 꽃 화자 두 자입니다."

"그게 무슨 뜻이오?"

차 만석과 친척들은 안 좋은 예감으로 다그쳐 물었다.

"이 집에 불행이 온다는 뜻입니다."

"불행이 오다니요?"

차만석꾼은 얼굴이 샛노래져 있었다. 옆에 있던 노모가 겁을 억지로 참으며 무슨 뜻인지 알려 달라고 했다.

"그게 누가 돌아가신다는 뜻입니다."

"근거가…… 무엇이오?"

떨리는 목소리로 간신히 묻자, 훈장은 차마 말할 수가 없어 머뭇거리다가 어렵게 입을 열었다.

"글자 그대로 버들 유자가 두 자 아닙니까. 그러니 버들버들이요, 또 꽃 화자가 두 자이니 꽃꽃입니다. 버들버들하다가 꽃꽃할 징조란 것입니다."

"버들버들하다가 꽃꽃해진다는 것은 그럼 누가 급살을 맞는다는……"

노모의 얼굴이 새파래지고는 몸을 부들부들 떨었다.

"그 짐승은 대체 무슨 짐승같습니까?"

"그게 바로 여우가 여러 해 묵어서 환생한 해여우란 짐승입니다."

훈장의 설명에 차 만석의 노모는 거의 실신할 지경이었다. 그러나 이웃들은 차 만석의 인심이 사나웠던 탓에 강건너 불구경하듯 했다.

"파리 똥구녕까지 빨아먹었을 위인이더니 잘됐구먼."

"돈에 환장한 차 만석이를 이번 기회에 하늘이 버릇을 고치는 거여."

그러던 어느 날 저녁이었다. 두 사람의 장님이 신통한 말들을 지껄이며 이 마을을 지나가고 있었다.

백년 천지가 모조리 깊은 밤인데
한 막대와 한평생 가장 친하게 지내는구나

막대 하나씩을 의지해 길을 걷는 장님을 제일 먼저 발견한 사람은 차 만석의 집에서 부리는 여자 종이었다. 여종은 급히 달려가 늙은 마님께 아뢰었다.

"마을 앞에 지금 이상한 장님 두 사람이 지나가고 있습니다."

"빨리 가서 그 장님들을 모셔 오너라!"

여종은 부리나케 달려가서 장님들을 불렀다.

"여보세요! 우리 마님이 부르십니다."

"우리는 갈 길이 바쁜 장님들이니 들려 갈 수가 없소이다."

장님들은 의외로 완강하게 거부했다.

"아무리 바쁘셔도 우리 집 일을 좀 봐주셔야 해요."

여비가 애타게 말해도 장님들은 듣는 기색조차 하지 않았다. 할 수 없이 여비는 집으로 다시 돌아와 마님께 이 사실을 여쭈었다. 그 말을 들은 마님은 당장에 뛰쳐나가 사정 끝에 장님들을 친히 모셔 오게 되었다.

두 장님을 둘러싸고 온 집안 식구가 모두 모였다. 늙은 어미가 전후 사정을 낱낱이 얘기하고는 장님들의 말을 기다렸다.

그러자 장님들은 놓아 두었던 막대기를 도로 집어들었다.

"우린 갑니다."

"아무 말씀도 해주지 않고 그냥 가시다니요?"

"미안하지만 우린 바빠서 그냥 가겠습니다."

차 만석의 식구들은 신통한 말이라도 기대했다가 뜻대로 안 되자 초조해졌다.

"그냥 가겠다는 까닭이나 좀 압시다."

"……"

"왜 말들을 못 하우?"

"……"

"제발 무슨 말이든지 해주고 가시우."

"정히 듣고 싶은 거요?"

장님 한 사람이 입을 열자, 차 만석과 노모는 무슨 사형 선고나 받는 사람들처럼 처분만 기다리고 있는 표정이었다.

"이 집안은 멀지 않아 망할 징조입니다."

"살 도리가 없겠습니까?"

예상했던 말이었지만 모자의 얼굴이 삽시간에 변하여 물었다.

"별도리가 없습니다."

차 만석은 입술이 타고 속이 마르는지 찬물을 벌컥벌컥 들이켰다. 그럴수록 장님들은 더욱 떠나야겠다고 야단들이었다. 그러자 주인은 주인대로 자신들을 살려 달라고 애원을 했다.

한참 동안 간다느니 못간다느니하며 옥신각신했다. 거기에 지친 듯 장님들이 서로 뭐라고 중얼거렸다.

늙은 어미는 또 그 틈을 타서 악착같이 달라붙었다.

"우리 집을 살려주기만 하면 그 은혜는 죽어서도 잊지 않겠수."

"정 그렇다면 우리가 하라는 대로 하겠습니까?"

"하다마다요. 이런 위태한 지경에서 선생의 말을 따르지 않을 리가 있습니까?"

"그러면 되었소."

실낱같은 희망이라도 잡으려던 모자는 장님의 입에서 어떤 말이 나오더라도 따를 것을 이미 결심한 뒤였다.

"사흘 밤과 사흘 낮을 잠을 자지 않으셔야겠소."

"그것쯤이야 어려울 것 없습니다."

"오늘부터 큰 떡 찌고, 큰 술 걸르고, 사흘 동안 밤낮 없이 큰 굿을 하여야 됩니다."

"시키는 대로 하겠습니다."

"만일 중간에 가다가 쉰다든지, 정성이 부족하다든지

하면 큰 화를 부를 테니 조심해야 하오."

"아무렴요. 부족한 정성으로 할 바에는 시작을 하지 않는 것이 낫죠."

그날 밤부터 장님 두 사람이 큰 굿을 시작했다. 그 곳에서 무당 세 사람까지 초청하여 이 마을 생긴 이래로 제일 큰 굿이 계속되었다.

"쿵쾅! 쿵쾅!"

초저녁부터 굿하는 소리로 온 마을이 시끄러웠다. 동네의 남녀노소 가릴 것 없이 모두 큰 부자집의 굿판으로 모여들었다.

집 마당은 굿이나 보고 떡이나 먹자는 격으로 인산인해를 이루었다. 먼 동네에서도 일부러 보따리를 싸가지고 와서 큰 굿을 구경하고 있는 사람들까지 있었다.

"부자집이 망하지 않으려고 큰 굿을 하는데 떡이야 얻어먹지 못할까."

그 때가 바로 춘궁기였다. 배가 고픈 사람들은 떡을 얻어먹을 배짱으로 오기도 하는 것이었다.

하룻밤이 지나갔다. 밤새도록 큰 굿은 계속되었다. 그동안 온 동네가 발끈 뒤집혀 야단법석이었다.

다시 하룻밤이 지나갔다. 온동네 사람들은 이제 큰 굿에 조금씩 지쳐갔다.

"사흘 밤 사흘 낮을 한다면서?"

"제기럴 놈의 집이 망하든지 흥하든지."

게중에는 지쳐서 욕하는 이도 있었다. 그러나 큰 굿은 예정대로 사흘 낮과 사흘 밤을 계속하였다.

마을 사람들은 이 사흘 밤 동안 한잠도 잘 수가 없었다. 마지막 날의 밤굿을 구경하고는, 마을 사람들은 수면 부족으로 모두 쓰러져 깊은 잠에 빠지고 말았다.

차 만석의 집안팎 모든 사람들도 잠 때문에 견딜 수가 없었다. 이 만석꾼의 마을에는 코고는 소리가 하늘을 찌를 것만 같았다. 굿하는 소리보다 더 시끄러울 정도로 소란했다.

이 마을은 대낮인데도 잠자는 마을이었다.

이 때 영변 뒷산에는 흑석골패가 수백 필의 소와 말을 대기하고 있었다. 한 사람의 장님이 이 숲 속에 찾아와 보고했다.

"지금 모두들 잠에 취해 떠매가도 모를 지경입니다."

그 말을 들은 꺽정이 패들은 한 사람 당 소와 말 세 필씩을 몰게 하여 차 만석꾼의 마을로 향했다.

마을 어귀에서부터 개새끼 한 마리 보이지 않았다. 한없이 고요한 마을이었다.

한적한 길을 날쌔게 가로질러 차만석꾼의 집에 당도하였다. 차만석꾼의 곳간을 활짝 열어제꼈다. 갖가지 재물을 쳐다보느라 눈이 빠질 지경이었다. 엄청난 재산가였던 것이다. 하나도 남김없이 소와 말에 그득히 싣고 또 실었다.

코를 골면서 잠에 빠져 있는 차만석꾼의 집안 사람은 물론이고 동네 사람들도 이들을 눈치채는 사람은 단 한 사람도 없었다.

소와 말에 곡식과 필육이 산더미처럼 쌓였다. 남는 소

와 말이 있어 몇백 채가 되는 집들을 모조리 털었다. 재물들을 가득 실은 말과 소가 마치 큰 골을 이룰 만했다.

"이만하면 됐다. 그만 돌아가자."

돌쇠가 외치자 소와 말들은 움직이기 시작했다.

이들이 떠난 뒤에도 마을 사람들은 깨어날 줄을 몰랐다. 그날 낮에 시작한 잠을 밤새도록 자고도 부족하여 그 이튿날까지 진종일 잠만 자는 것이었다.

마침내 하나, 둘 깨어나자 온 마을이 다시 떠들썩하게 시끄러웠다.

"야, 정말 무서운 도적들이다."

"잠을 사흘이나 자게 한 것도 계획적이었구나."

"곡식과 필육을 잃지 않은 집이 없구나."

"도적들을 쫓자."

"이미 늦었네. 사흘 전에 털어 갔다고 하던걸."

"제일 큰 피해는 차만석이 집이라는군."

마을이 발칵 뒤집어졌을 때, 꺽정이 패거리의 소와 말들은 이미 흑석골에 접근하기 시작했다. 비록 먼 곳이었지만 천여 석 가까운 쌀과 수백 필의 필육을 싣고서 사흘 밤, 사흘 낮을 몰아왔기 때문에 도적의 소굴에 빨리 당도할 수 있었던 것이다.

탑고개 부근까지 꺽정이 이하 여러 두령들이 마중을 나갔다. 돌쇠와 오돌이가 거느린 우마 이백여 필에 양식과 필육을 싣고 오 리 길에 뻗쳐 걸어 오는 것이 장관이었다.

천여 석 양식을 흑석골 넓은 광장에 쌓아 놓으니 산더

미 같았다. 이것으로 흑석골 안이 한동안 흥청흥청했다. 이후로 흑석골에 가면 잘 먹고 잘 입는다는 소문이 퍼져 팔도강산에서 사람들이 수없이 몰려들었다.

이번 영변을 터는데 공로가 큰 사람은 우선 계획을 세운 서림이와 실지로 행동한 돌쇠와 오돌였다. 그리고 장님 노릇을 한 사람은 마중손과 편달쇠요, 까마귀 울음과 여우 울음을 한 사람은 탁기성과 하왕동이었다.

꺽정은 우선 이들에게 후한 상금을 내렸다.

"우리가 앞으로도 서로 합심하면 천하에 못할 일이 없겠소. 모든 지략은 서림 종사의 덕이었고, 또 범과 용같은 여러 두령들이 힘썼으니 우리가 우선 이웃 고을을 털어 인심을 잃지는 않게 되었소. 되도록이면 딴 고을의 부자를 터는 것이 우리에게 이로울 것 같소."

공로가 컸던 서림도 한마디 했다.

"대장 말씀이 백번 옳소. 이웃 고을을 털면 인심 사나운 꼴을 보게 됩니다. 그러니 앞으로 평안도의 거부 만석꾼들을 모두 이번 방법처럼 털어 오도록 합시다. 양식이 많으면 마음이 편안하고 마음이 편안하면 모든 일이 잘된다고 합니다."

이 말에 두령들 모두가 고개를 끄덕였다.

이후로도 흑석골에서는 십여 차례에 걸쳐서 평안도 안의 만석꾼들만 골라서 갖가지 방법으로 재물을 털었다. 지략으로 혹은 무력과 협박으로 혹은 속임수로 쌀과 보물들을 약탈해 왔다. 소와 말만도 이제 천여 필이나 되었다.

소는 이따금 잡아서 잔치를 벌였고 말들은 잘 길러서 조련을 하기 시작했다.

새봄과 함께 흑석골 안은 갈수록 흥성했다.

"이 쌀과 재물이면 조그만 나라도 될 수 있을 것 같소."

"아무것도 없던 우리가 서림이의 지모로 이렇게 많은 재산을 얻었구려."

여러 두령은 물론 꺽정이까지 서림이의 공적을 높이 평가했다. 두령과 졸개들까지 삼백 명이 훨씬 넘는 큰 식구였다. 그러나 그 큰 식구가 조금도 부족함을 느끼지 않는 생활을 했다.

제법 졸개들의 여편네들까지 부자집 며느리들처럼 비단옷을 함부로 입게 되었다. 그 비단은 대개 평안도에서 약탈해 온 중국비단들이었다. 그 비싸고 보기드문 비단을 졸개들의 계집들까지 입으니 궁궐 속의 상궁이나 나인들처럼 호화롭게 보였다.

나날이 부유해지는 산채와 그 식구들을 보자 꺽정은 대장으로서 무척이나 흐뭇해했다. 그러나 그럴 때마다 서림은 꺽정에게 긴장을 늦추지 못하게 격려했다.

"배포를 더욱 크게 잡수셔야 합니다."

두령들은 졸개들의 활쏘기, 칼쓰기, 창쓰기, 말달리기 등을 가르치기에 힘썼다. 그리고 회의하는 장소인 취의청을 크게 증축하였고, 꺽정이 사는 집 또한 대궐 못지 않게 다시 지었다. 그것이 모두 이른 봄부터 시작하여

꽃들이 활짝 피는 무렵까지 해놓은 성과였다.

"사람의 힘이란 이렇게 놀라운 건가?"

모든 사람이 놀랄 만하게 흑석골 안이 화려하고 부유해졌다. 두령들과 졸개들은 매일 바쁜 생활들을 하고 있었지만 아낙네들은 할 일이 없었다. 애보고, 빨래하고, 술 담그고 음식 만드는 일 이외에는 이렇다 할 게 없었다. 그것도 졸개들의 부인들이 다해 주는 두령이나 두목들의 여인들은 그저 배만 퉁기고 있었다. 그야말로 무사태평이고 무위도식이었다.

어느덧 오월 단오가 가까워왔다.

이때 그다지 멀지 않은 송악산 기슭에서는 단오놀이의 그네뛰기와 무엇보다 온 나라가 들썩이는 큰 굿이 열리게 되었다.

여러 두령들의 부인들이 이 그네를 뛰고 싶어서 모두 안달이 날 지경이었다. 그러나 인간의 탈을 쓴 거친 사내들이 이들을 노리고 있었다는 것은 아무도 몰랐다.

여인들을 부르는 송악산

오월 단오가 가까워 왔다.

가까운 송악산 기슭에서는 단오놀이의 백미인 그네뛰기가 열릴 예정이었다. 또한 그 곳에서 나라의 큰 굿이 벌어지게 되어 어느 때보다 많은 사람의 가슴을 설레이게 하고 있었다.

태평 세월을 보내던 흑석골 산채에도 단오날의 바람이 여지없이 불었다. 여러 두령들의 부인들은 그네를 뛰고 싶은 생각에 울렁이는 가슴을 진정시키지 못했다.

송악산 그네는 특별한 의미를 지니고 있는 하나의 의식이었기 때문이었다.

송악산은 고려 오백 년 이후로 전국의 진산(鎭山)이었다. 그뿐 아니라 국내에서는 서악(西岳)이었고 더군다나 송악 대왕(松岳大王)은 영검하고 신령스럽기 한이 없었다.

이태조는 왕이 된 뒤에 팔도의 성황(城隍) 신들에게 모두 상징적인 지위를 내렸는데, 이 때 송악산 성황을 진국공(鎭國公)에 봉하였다.

또한 안견과 완산은 계국백(啓國伯)을 봉하였고 나주, 공주, 백안, 한양, 진주 등의 성황은 호국백(護國伯)에 봉하였다. 이것은 토지 산신에 대한 숭배이며 경건한 예의였다.

송악산 성황은 팔도 성황 중에 제일 지위가 높았다. 진국공은 나라에서 위했고, 송악 대왕은 민초들이 숭배했다. 진국공이나 송악 대왕은 같은 송악산 성황 귀신이었지만 위하는 사람들이 달랐던 것이다.

이런 이유로 송악산에는 진국공의 위패를 받드는 성황당과 송악 대왕의 목상(木像)을 모신 성황당이 각각 따로 있었다.

그뿐 아니라 이 미신 많고 귀신 많은 영험스런 송악산 안에는 별의별 출처 모를 귀신들을 위하는 무당들이 많았다. 이들은 국사당, 고녀당, 무녀당 등 각자의 이름으로 무당을 개업하고 있었다.

진국공과 송악 대왕까지 합하면 송악산에는 모두 다섯 개의 신당(神堂)이 있었다. 이런 크고 작은 신당마다 붙어 사는 박수와 무당들이 수없이 많았는데 이들의 고객은 서울의 재상가나 왕족의 먼 친척들까지 있었다.

심지어는 궁궐 안에까지 줄이 닿아 있어, 개성에서 힘을 쓰는 관리들조차 이 곳의 무당들에게 함부로 하지 못했다.

이 곳에는 왕비나 왕대비 또는 대왕대비전 마마의 몸을 받아 치성드리러 오는 상궁내인들이 많았던 것이다.

이 때에는 궁중은 물론 여염집에 이르기까지 송악산 성황들을 위하는 풍습이 성행하던 시절이었다. 그래서 송악산 굿당에는 굿장구 소리가 그칠 날이 없었는데 겨울보다는 봄에, 봄보다는 여름에 더 많았다.

오월 단오에는 큰 굿을 하는 게 보통이었다. 그래서 송악산 다섯 굿당 모두에서 큰 굿이 질펀하게 벌어졌다.

더우기 송악 대왕으로 모신 굿당에서는 목상(木傷)인 송악 대왕을 밖으로 모셔다가 그네를 뛰게 하였는데, 대왕 부인의 목상까지 만들어서 함께 어부렁 그네를 뛰게 하였던 것이다.

목상들을 그네에다 붙들어 매놓고 그네에 물을 먹이게 되면 대왕 부부의 어부렁 그네가 되는 것이었다.

이 어부렁 그네가 단오 그네뛰기에 사람이 몰리는 신비한 힘을 가지고 있었다.

대왕 부부가 뛰고 난 그네를 어느 누구든 한번만 뛰기만 하면 소원이 이루어졌던 것이다. 죽이네 살리네 하던 부부가 뛰면, 그날 밤으로 씨암닭 고아 밤새 방아 찧는 소리가 들렸고, 자식이 없어 걱정 많은 부부에게는 달덩이같은 아기가 점지되는 것이었다.

또한 병이 많은 사람에게는 무병 장수의 기운을 주었고 혼기 놓친 자식에게는 든든한 반려자를 만들어 주었다.

이런 소문이 퍼지면서 그네를 한 번만이라도 뛰어보려는 시름 많은 사람들이 기를 쓰고 모여들었다. 그래서 오월 단오만 되면 송악산 대왕당 그네 터로 남녀가 모여드는데 해마다 인산인해를 이루었다.

단오날이면 어느 해를 막론하고 송악산 검은 바위가 사람들의 물결로 희게 덮이곤 했다.

이 때에는 설레이는 가슴을 안은 남자와 여자들이 혼잡하게 뒤섞이게 되는데, 여기 저기에서 눈뜨고 볼 수 없는 일들이 벌어졌다.

원래는 남녀간의 유별이 심하였지만 사모하던 사람을 단오날을 기회로 만나보자는 심정이었다. 서로 사랑하는 사람끼리 눈이 맞은 젊은이들은 으슥한 곳을 찾아 질탕한 육체의 향연을 즐기기도 했다.

삼삼오오 떼를 지어 산 계곡의 은밀한 곳을 찾아 쌍쌍이 노는 남녀가 비일비재했다. 이들을 막을 사람은 아무도 없었다. 게중에는 말세가 다 되었다고 탄식하는 노인들도 있었지만 젊은이들은 아랑곳하지 않았다.

이런 곳에서는 싸움과 소란스러움이 감초였다. 이러한 난장판에 젊은 왈짜패들이 끼지 않을 리가 없었다. 그래서 간혹 이들에 의해 젊은 처녀와 유부녀들이 강간을 당하는 수가 종종 있었다.

이런 것을 제외하고는 단오는 참고 참았던 욕망을 풀

어 헤치는 잔치였고 식구들의 복을 비는 민초들의 애닯은 소망의 장이었다.

바로 그 해에 중종 대왕이 병에 걸렸다. 처음엔 몸살처럼 앓다가 나중엔 본격적으로 몸져 눕게 되었다.

대왕 대비는 아들의 병환이 심상치 않자 전국의 명산 대찰에 기도를 드릴 뿐 아니라 큰 성황당마다 상궁을 파견하여 치성을 크게 드리게 되었다.

왕대비는 몸소 상궁을 불러 신신당부를 했다.

"이번 대왕의 병이 낫고 못 낫고는 송악 대왕에게 달렸다. 송악 대왕이 워낙이 영험하시니 부디 잘 빌고 오너라."

왕대비의 명을 받아 송악산으로 갈 사람은 장 상궁이었다. 몸이 육중하게 비대한 장 상궁은 교군꾼, 무수리 등에게 쌀과 관품, 포목 등을 준비시켰다. 엄청난 양의 재물을 싣고 대왕당 단골 무당에게 내려와 큰 굿판을 벌일 참이었다.

이 때 사람들은 날씨도 나들이하기에 안성마춤인데다가 나라의 큰 굿이 벌어진다는 소문에 평양 각처에서 부녀자들이 송도로 몰려들기 시작했다.

이번 굿은 다른 해와 달리 왕의 병을 위해 하는 굿이라 규모나 볼거리에 있어서 남달랐다.

이 굿의 입소문은 꼬리에 꼬리를 물었다.

"상감님의 환후가 이번 송악 대왕께 바치는 굿에 달렸다는군."

"성황 귀신도 벅쩍지근하시겠는걸."

"이럴 땐 무당도 몇 년 먹을 걸 챙기겠는데."

"나라님의 목숨을 좌지우지하게 될 무당이라 개성 유수 알길 우습게 알겠어."

사람들은 큰 굿을 주관하는 무당이라 그 세도가 당당해질 것을 재미삼아 얘기하곤 했다.

그 동안 흑석골은 흥겹고 배부르게 지낸 시간들이었다.

특히 두령들의 부인들은 할 일이 없어 몸이 근질근질하던 때였다. 그러던 중에 나라의 큰 굿이 열린다는 소식은 귀를 번쩍 뜨이게 하였다.

부인들은 그 굿에 가고 싶어 죽을 지경이었다. 여인들은 모이면 굿타령이었다.

"굿구경 한번 하고 죽으면 소원이 없겠수."

"그런 구경도 한번 못하고 이 도적놈 소굴에서 죽으면 평생 한이 될 거야."

"나라 굿을 안 보면 흑석골도 별볼일 없어질 거야."

"나라 굿뿐인감. 송악 대왕이 타신 그네도 한번 뛰어야지."

여인들의 안달에 부채질을 더한 사람은 임꺽정의 호위병으로 있는 곽삼불의 삼촌뻘 되는 사람이었다.

그는 송악산 대왕당 무당의 기둥서방 노릇을 하고 있는 사람이었다. 그가 곽삼불에게 전갈을 보냈던 것이다.

"이번 기회에 구경도 삼삼할 것이니 소풍이나 왔다 가게. 여러 두령 내외분들도 심심하실 테니 변장할 수 있는 옷을 입고 이삼 일 구경하고 가시게 하게."

이 전갈에 흑석골 안은 너도 나도 송악 대왕의 그네터로 가겠다고 법석이었다.

이 때 못가면 다신 기회가 없을 것이라는 추측도 작용해서 여인들은 남편을 들볶아댔다. 고요하던 흑석골 안이 오월 초순으로 접어들면서, 송악산 굿구경 때문에 산채 전체가 들썩거리게 되었다.

꺽정은 이런 기색을 알고 아침 회의에 입을 열었다.

"그렇게들 구경하고 싶어하는가?"

"아낙네들이 요새 미칠 지경이랍니다."

서림이 재미있다는 듯 대답하자, 여두령인 나 두령과 양 두령이 샐쭉해서 맞받았다.

"미치긴 누가 미쳐요?"

"밤낮 구경간다고 하던 사람은 ·여기 없나 봅세."

양천석이가 그 아내를 바라보며 너스레를 떨자, 양혜련은 얼굴을 사타구니 쪽으로 파묻었다. 이것을 본 나 두령은 안되겠는지 말 나온 김에 허락을 받을 심산으로 정색을 했다.

"모래가 벌써 단오예요!"

나 두령은 두령들을 바라보다가 남편인 왕동을 보고 눈짓을 했다.

'빨리 대장의 승락이 내리도록 말 좀 해달라.'

는 애원의 눈길이었다.

다른 두령들의 부인들은 양 두령과 나 두령이 회의에 참석하는 지위이니 어련히 구경가도록 해주겠지 하고 믿고 있었다.

"누구누구가 가겠다고 야단이오?"

꺽정이 묻자 나 두령이 반색하며 대답했다.

"한 사람도 안 가겠다는 아낙네는 없습니다."

"모두 가겠다고?"

"다 가고는 싶어하지만 대장이 허락을 해주셔야……"

"가고 싶다는 사람은 다 가도 상관없지만 흑석골에 아낙들이 모두 동이 나면 그것도 탈이니 제비를 뽑아서 한 절반만 가는 게 좋겠구먼."

꺽정이 결정한 듯이 말하자, 두 여두령이 기쁜 얼굴로 이미 계획을 해놓은 것처럼 대답했다.

"제비를 뽑을 것도 없습니다."

"그건 무슨 말인가?"

"병이 있는 분도 있고, 또 가고 싶어 하면서도 실지로 가지 않을 사람도 있기 때문입니다."

"좋도록 하오!"

꺽정의 허락이 떨어지자 두령들 아내 가운데서도 제일 반가운 사람은 역시 두 여두령이었다. 그녀들은 몸둘 바를 모르도록 흥분했고, 누가 보아도 웃음이 나올 정도로 미친 듯이 좋아했다.

그만큼 굿 구경은 매력이 있었고 구경하기 힘든 절호의 기회였다.

꺽정의 허락이 떨어진 날 밤, 두 여두령은 대장의 집으로 여인들을 거의 다 모이게 했다. 이룡과 편달쇠, 마중손의 아내들만이 태기가 있어 참석치 않았을 뿐이었다.

"내일 아침에 송도로 떠나야 하는데 가실 분은 말씀하세요."

나 두령의 말이 떨어지기 무섭게 대나무 뻗듯 손들이 올라갔다. 몇몇을 제외하고는 가겠다는 의사를 표시했다.

"대장께 결과 보고를 드리고 말씀드리겠습니다."

나 두령은 모두 간다는 말에 주를 달았다.

"대장이 다 가라고 했다면서……"

"아니오. 절반 가량만 확실하게 허락하셨어요."

일단은 두 여두령과 돌쇠, 예가, 서림, 꺽정이, 방중달, 두 호위병들의 아내가 떠나기로 결정했다. 혹시 여자들만 가다가 사고를 당할 우험이 있어 남자 몇이 동행하기로 했다.

양 두령의 남편인 양 두령이 가게 되었고, 서림과 곽삼불이가 떠나게 되었다.

이튿날, 일행 열두 명은 송악산으로 향했다. 이른 아침에 흑석골을 떠났지만 여자들의 걸음에 맞추느라 저녁때가 되어서야 송도에 닿을 수 있었다.

송도에는 흑석골과 내통하는 관원들도 많고 또 기거할 수 있는 친분의 사람도 있었다. 그렇지만 우선 대왕당 큰 무당의 기둥서방 노릇하는 곽삼불의 삼촌 집을 찾기로 했다.

곽삼불의 삼촌은 이름이 칠성이어서 곽칠성이라고 하면 송도에서 무당의 기둥서방으로 널리 소문이 나 있었다.

흑석골 일행은 대왕당 당집 부근으로 올라가는 길을 물어서 밤이 이슥해져서야 도착했다.

대왕당에는 등불이 휘황찬란했다. 내일부터 나라의 큰 굿이 시작될 모양이어서 그 준비가 하나에서 열까지 빈틈없이 진행되고 있었다.

당집 부근에는 벌써 사람들이 오락가락하고 있었다. 그 중에는 눈에 낯설은 복장이 있었다. 개떡쪽같은 큰 머리를 얹고 푸르둥둥한 큰 띠를 띤 여편네도 있었고 털벙거지를 쓰고 송기떡 군복을 입은 사내도 있었다.

여자는 무수리였고, 군복을 입은 사내는 무예별감(武藝別監)이 분명했다.

서림은 일행들에게 그들이 하는 일과 지위를 자세히 설명해 주었다.

일행이 당집에 도착하여 문 안을 들여다보고는 인기척을 했다.

"누가 없소?"

그 말에 큰 무당의 기둥서방인 곽칠성이 맨발로 마당에 내려와 반갑게 맞았다.

"이게 누구들이십니까?"

이를 본 대왕당 큰 무당이 옆에서 못마땅하게 혀를 찼다.

"이렇게 바쁜데 손님은 무슨 손님이오?"

그러나 일행은 그 말을 듣지 못하고 설레이는 기쁜 마음으로 안으로 밀려들었다.

곽칠성은 일행을 사랑방 구석으로 안내했다. 남자와

여자 열두 명을 한방에 몰아 넣을 수밖에 없었다. 큰 굿을 두고 남는 방이 없었기 때문이었다.

"이렇게 여러분들이 오시는 줄은 몰랐습니다."

곽칠성이 사과하는 마음으로 말했다. 이 때 밖에서 헛기침 소리가 났다. 그 쪽으로 모두 고개를 돌렸다.

"여기들 계시우?"

그것은 하왕동이었다. 예정에 없던 왕동이 나타나자 서림이 놀랐다.

"고운 아주머니를 누가 업어갈까 봐 겁이 나서 왔구만."

그 말에 하왕동은 쑥스럽게 웃으며 딴전을 피웠다.

"대왕당인가 소왕당인가 찾느라고 한참이나 혼이 났소."

"쉿! 쉿!"

곽칠성이 갑자기 손을 입에 대고 주의를 시켰다.

"왕대비의 명을 받은 장 상궁이 지금 저 안방에 계시우. 그런 말씀 하시면 안 돼요."

일행이 비좁은 방에서 하룻밤을 자게 되었다.

그러나 두 여두령과 아낙들이 피곤에 지쳐 옷을 벗어 버리고 먼저 나가떨어져 이리저리 얽혀 자는 바람에 남자들은 잘 수가 없었다.

서림과 양천석, 곽삼불, 하왕동이 네 사람은 한방에서 잘 수가 없어 투덜거렸다.

"이거 방이 좁아 터져 놔서……"

"남의 마누라 주무르면 어떻게 하라고……"

"마당에 배 깔고 편하게 잡시다."

남자들이 저마다 한마디씩 짜증을 내는데 갑자기 안방에서 큰 기침 소리가 났다.

잠시 후 마당에서 큰 소리가 들려 왔다.

"이게 무슨 소리냐?"

무예 별감이 장 상궁의 명을 받들어 바깥 방 사람들이 떠든다고 큰 무당을 나무라는 소리였다. 큰 무당은 큰 무당대로 곽칠성에게 짜증을 냈다.

"어디서 오신 분들인지 몰라도 조용하라고 하시우."

곽칠성은 여편네와 흑석골패 사이에 끼어 난처한 표정을 지었다.

하룻밤을 천덕꾸러기 노릇으로 보낸 까닭으로 모두 꿀 먹은 벙어리처럼 말들이 없었다. 그래도 여인들은 굿구경과 그네 뛸 생각으로 가슴이 두근거렸다.

조반상도 뜨는 둥 마는 둥으로 마치고 산정에 올라갈 준비를 했다. 사람들이 모이기 전에 도착해야만 좋은 자리를 차지할 수 있었다.

일행은 일찍 서둘러 떠났으나 산중턱에 도달하니 사람들이 구름처럼 밀려 올라오고 있었다. 여인들은 모두 맵시있게 치장한 모습이었고, 얼굴을 가린 사람도 있었지만 숫제 얼굴을 환히 내놓은 사람도 있었다.

여인들 틈을 헤치고 올라오는 사내들은 여인들을 얼굴을 유심히 바라보고 있었다.

흑석골 일행 중에는 나 두령과 양 두령이 삿갓을 쓰고 나섰지만 길이 워낙 험한 관계로 삿갓을 벗어 버렸다.

일행이 송악산 높은 마루를 올라오고 있는데 여기저기서 탄성이 들렸다.

"끝내주는데!"

"천하의 미인인걸."

"어디에 그런 계집이 있어?"

"저기에 나긋나긋한 것들이 안 보여?"

서로 지껄이는 패들은 하나같이 눈빛이 험악했다. 그 중에 한 놈이 나 두령을 유심히 바라보았다.

"저런 여자와 하룻밤만 자고 죽으래도 한번 해 보겠다."

"저 여자 어디서 많이 보던 여잔데……"

그 때 옆에 있던 놈이 머리를 갸웃거리더니 친구의 귀에 뭐라 소곤거렸다.

그 패거리들은 이쪽에서 오히려 부끄러울 정도로 지긋지긋하게 쫓아왔다.

"저것들이 왈짜패가 맞지요?"

"그런 것 같소."

나 두령이 서림에게 묻자, 남자들은 대수롭지 않게 받아들였다.

쫓아오던 패거리들은 여전히 킬킬거리며 음담을 주고받았다. 그들 중에 얼굴이 해사하고 키가 후리후리하게 생긴 자가 있었다. 한 사람이 그를 보고 간사하게 말을 붙였다.

"나으리께선 어떠십니까?"

"뭘?"

"저것 말입니다."

"저 계집 말이냐…… 내가 일찌감치 점 찍어 놨다."

"나으리께서는 계집 고르는데 이골이 나셨습니다."

음흉하게 생긴 자가 키가 큰 남자에게 칭찬을 하고는 입술에 침을 둘렀다.

"이렇게 많은 계집들 중에서 어느 틈에 점을 찍어 놓셨습니까?"

"이놈들아, 내가 누군데 저런 계집들을 놓치겠느냐!"

"맞습니다요…… 흐흐흐."

나으리라는 자가 능글맞은 웃음을 웃는 사내에게 명령하듯 말을 이었다.

"이따가 너희들은 지게나 잘들 져라!"

"상금만 두둑히 주십쇼. 알아서 모시겠습니다요."

패거리들은 두 여두령의 몸짓을 눈여겨 보며 나른한 상상에 빠진 표정으로 희죽거렸다.

대왕당 그네 터에는 벌써 남녀노소가 구름처럼 모여 있었다. 그 곳에는 군데군데 큰 차일이 쳐져 있었고, 오월의 따스한 바람이 이따금씩 불어와서 차일이 바람에 출렁이고 있었다.

어느새 무당들의 손에 의해 송악 대왕의 목상이 그네 위에 올려졌다.

한 옆에서는 장구 소리를 위시해 징, 피리, 저, 해금 등의 풍악이 연주되고 있었다.

그 때 대왕과 대왕 부인의 목상이 그네 위에서 동여 매어졌다. 풍악과 한몸이 되어 그네가 움직이기 시작했다.

대왕과 대왕 부인의 어부렁 그네가 무르익자 그것을 보는 여자들 중에는 얼굴을 찡그리는 사람들도 있었고, 손뼉을 치며 입을 벌리고 웃는 여자들도 있었다. 어떤 여자는 못볼 것을 본 듯 혀를 끌끌 차기도 했다. 각자 연상하는 대로 표정을 짓는 것이었다.

이윽고 대왕 부부의 어부렁 그네가 끝나자 박수가 그 줄을 잡고 구경꾼들에게 외쳤다.

"이번엔 왕대비전 마마의 몸을 받아오신 장 상궁 마마께서 뛰시겠습니다. 그 다음에 상궁 마마를 모시고 온 여러분이 뛰시고 그 다음에 여러분들이 마음껏들 뛰십시오."

상궁이 여러 사람의 호위를 받으며 그네 줄 있는 곳으로 나왔다. 뚱뚱한 체구에 몸에 익은 위엄끼가 여러 구경꾼들을 위압했다.

상궁은 검은 옷을 입었는데 궁중 풍습을 모르는 시골 사람들의 눈에는 이상하게 보였다. 상궁의 머리에 쓴 장식품인 첩지를 보고 웃는 여인들도 있었다.

"얄궂은 옷도 다 입었네."

"저 머리에 쓴 것은 닭대가리 같네."

"궁궐에는 희한한 것도 많아."

상궁의 옷차림뿐만이 아니었다. 막상 뚱뚱한 몸으로 그네에 올라가려니 그것이 쉽지가 않았다. 잔뜩 근엄한 얼굴로 그네에 올랐으나 불안하고 놀라는 표정을 감출 수가 없었다. 엉덩이를 쭉 내밀고 엉거주춤하는 폼이 우스워 수천 명의 여인들이 웃음을 터뜨렸다.

무예별감이 당황하여 웃는 여인들을 노려보아도 사람들은 참지 못하고 웃음을 흘렸다.

그 뚱뚱한 몸이 힘을 쓰는 것이 마치 뒷간에 앉아 있는 형상이었고, 더구나 개구리가 달린 첩지를 쓴 것이 이상야릇하게 보였던 것이다.

장 상궁은 두어 번 용을 쓰다가 급기야는 소리를 질렀다.

"아, 어지럽다!"

장 상궁의 고함 소리에 무당과 무수리들이 득달같이 쫓아가서 그네 줄을 잡았다.

무당들이 장 상궁을 부축하여 그네에서 내리게 한 뒤에 대왕당 불당 집으로 모셔 갔다. 여럿이 상궁을 모시고 나오는 폼이 마치 왕을 모시는 것 같아 보였던 나 두령이 왕동에게 소곤거렸다.

"상궁이란 것도 할 만한가 봐요."

"왜? 상궁이 돼 보고 싶은가?"

"누가 그렇데요."

"그럼?"

"옹위해서 나오고 들어가는 폼이 부럽게 보인 것뿐이죠. 뭐……"

"그야 왕대비의 몸을 받은 상궁이니까 그렇겠지."

"그렇지 않다면요?"

"그렇지 않으면 상궁만큼 불쌍한 것이 없지."

"왜요?"

"한평생을 고스란히 늙어, 마지막엔 처녀 귀신이 되거든."

"한 번도 사내맛을 못 보우?"

"자칫하면 한 번도 못 보고말고."

"저런…… 불쌍해라."

"임금님이 어쩌다 한번 수청을 들게 해야 되는데 그게 백년하청이거든……"

"사내라고 바라보실 게 마누라 많은 임금님밖에 없다니…… 팔자가 사납네요."

"따지고 보면 한없이 불쌍하지."

"그럼 저 상궁도 처녀일까요?"

"뚱뚱한 걸 보니 처녀인지도 모르지."

"얼마나 고독할까."

"그래도 상궁 부럽다는 소리를 할 거야?"

"듣고 보니 좋을 것이 눈꼽만치도 없네요."

나 두령은 희한함과 동정이 섞인 눈으로 대왕당 본당으로 들어가는 상궁의 뚱뚱한 뒷모습을 멀거니 바라보았다.

흑석골 일행은 많은 사람들이 서서 구경을 하는 중에서도 멍석을 차지해 앉을 수 있었다. 곽칠성이 힘을 써 자리를 마련해 준 덕이었다.

상궁이 뛰고 난 다음에 상궁을 수행하는 무수리들이 뛰었고 그 다음에 무당들이 뛰었다. 그 다음은 흑석골

패들이 뛰었는데, 그것은 우격다짐으로 그네를 독차지했기 때문이었다.

먼저 꺽정의 부인이 그네에 올라 송악 대왕에게 염원했다.

"병도 낫고, 부부화목도 이루게 해주시옵소서."

꺽정의 부인이 그네에서 내려오자, 서림의 부인이 뛰었다. 그 다음이 나 두령의 차례였다. 나 두령이 맵시있게 그네에 올라서자 여기저기서 탄성이 터져나왔다.

"선녀가 하강한 것 아닌가?"

"경국지색이라더니 그 말이 이해될세그려."

"뼈골이 빠지도록 한 번만 데리고 잤으면……"

사내들뿐만이 아니라 여인들의 눈에도 미색은 미색이었다.

"아무리 같은 여자지만 혹하게도 생겼다."

"사내들이 미치는 이유가 있긴 있구먼."

"저런 마누라를 데리고 살면 오래 못 살아!"

한 여자가 남자들 들으라는 소리로 목소리를 높였다.

"그게 뭔 소리유?"

"하루에도 몇 번씩 홀딱 마셔버리고 싶을 텐데 기운이 장사라도 견뎌 낼 수 있겠수?"

"마시다가 배가 터져 죽더라도 한번 맛이나 봤으면 좋겠수!"

그 말에 여인들과 남자들이 와르르 웃음을 터뜨렸다.

나 두령의 그네가 하늘을 차고 허공을 날아 올라갔다. 함부로 여인의 속옷 밑을 더듬는 것은 따귀를 맞을 일이지만, 단오날 그네 뛰는 여인의 치마 속을 들여다보는 것은 이상할 게 없었다. 그래서 남자들은 치마 속을 뚫어져라 바라보며 저마다 상상과 허풍으로 찧고 까불어대기 일쑤였다.

"난 저 여자 그것을 보았어."

"어떻든가?"

"기가 막히더군. 흰 다리도 일품이지만 그 사이의 것은 더 탐스럽더군."

"정말인가?"

"참말이지. 여기 저것 구경하러 왔지, 뭣하러 왔겠나?"

"나하고 어부렁 그네 한번 뛰면 참맛을 가르쳐 줄텐데……"

"대낮 어부렁 그네는 다 소용없어. 밤에 뛰는 어부렁 그네가 진짜지."

"히히히…… 자네도 밤마다 뛰잖은가."

"그네도 그네 나름이지."

사내들은 나 두령의 몸에서 눈을 떼지 못하고 얼굴이 벌개져서 떠들어 댔다.

어느덧 나 두령이 그네에서 내려오고 양 두령이 올라가 줄을 벌려 잡았다.

"야, 오늘은 보기드문 미인만 그네에 오르네그려."

"아까 계집보다 속살이 더 반반하겠는데?"

"아니야, 아까 계집이 더 감칠 맛이 났었어."

양 두령이 뛰는 그네가 금세 반공중을 향해 날았다. 두 다리에 힘을 주고 굴리는 폼에 남자들의 입이 벌어졌다.

"얼굴만 예쁜 게 아니라 기운도 좋네그려."

"당장 죽는다 해도 저런 여자 품 속에서 죽었으면 좋겠네."

한 남자가 마른 침을 삼키며 양 두령의 몸에 흠뻑 빠져 있었다.

이를 본 옆에 패거리가 약을 올리듯 말을 이었다.

"꿈 깨셔. 돼지가 봉황배에 올라 타는 것 봤어?"

"넌 안 그러냐?"

"우린 저 계집들과 다 하기로 되어 있어."

"뭐야?"

"우리와 이미 약속이 다 되어 있단 말이야."

"엿 먹어라!"

"내가 이 다음에 무슨 맛이었는지 얘기해 줌세."

"저런 여자들이 너희들 같은 패거리에게 행여 몸을 허락하겠다. 어림도 없는 소리!"

"뛰게 된데도!"

"어떻게 뛴다고 헛소리여?"

"다 되는 수가 있어……"

사내는 이상한 웃음을 입가에 흘렸다. 패거리들은 마치 양 두령의 치마 속을 더듬고 있는 듯이 하나같이 야릇한 표정을 지었다.

양 두령이 그네에서 내려오는 것까지 다 보고서야 패거리들은 어디론지 사라져갔다.

어느덧 점심때가 되었다. 흑석골 남자들은 어슬렁어슬렁 으슥한 그늘에 자리를 잡았다. 곽칠성이 내어 온 술로 목을 축이기 시작했다.

안식구들은 훨씬 떨어진 아랫쪽에 거적 자리를 펴고 점심들을 먹었다. 칠팔 명의 여인들이 모여 앉아 있으니 자연히 웃음 소리가 크게 울려 퍼졌다.

두 여두령의 미모에 반한 젊은 남자들이 흘끔흘끔 여인들을 훔쳐보며 스스로 자위할 수밖에 없었다.

서림과 하 두령, 양 두령과 곽삼불, 곽칠성은 거나하게 술이 취해갔다.

"이거 어디 사람 구경하러 왔지…… 별볼 것이 없네그려."

"큰 굿 하는 것을 보셔야 제대로 구경을 하시는 겁니다."

무당의 기둥서방인 곽칠성이 굿 칭찬을 하고 나섰다.

"굿 구경이야 여편네들이나 하는 것이지, 우리야 뭐……"

"그래도 젊은 무당이 춤추고 돌아다니는 걸 보면 어깨춤이 절로 난다구요."

"그 바람에 무당의 기둥서방 노릇 하는구먼."

"기둥서방 노릇 덕분으로 놀고 먹기는 하지만 제 손으로 벌어서 계집 거느리는 것에 비할 수 있습니까? 사내 자식이 할 짓은 못 됩니다."

서림의 핀잔에 곽칠성이 스스로 비관해하자 하 두령이 곽칠성을 추켜세웠다.

"오늘 우리가 이렇게 신세지는 것도 다 그 덕 아니오. 사람 사는 게 다 오십보 백보지 뭐 다를 것이 있습니까?"

기둥서방인 곽씨가 계면쩍게 웃고는 모두에게 술을 돌렸다.

한잔, 두잔 권하고 받는 중에 석양이 낀 노을은 벌써 송악산 상상봉 위에 걸려 있었다. 점심 무렵에 시작한 술로 인해 서림을 비롯해서 모두 곤주가 되도록 취해 버렸다. 취한 술은 더욱 술을 부르는 법. 한 독이나 되었던 술이 거의 다 말랐을 때는 맥을 쓸 수 있는 사람이 아무도 없을 지경이 되었다.

이쯤되자 한 사람, 두 사람 숲 속에 벌렁 누워 코를 골기 시작했다.

아랫쪽에 있던 흑석골패의 여인들도 식후에 식곤증으로 숲 속 가랑잎을 깔고 누워 잠이 들었다. 그 때 나 두령과 양 두령은 남편 있는 쪽이 궁금했다.

남정네들의 입에 술이 들어가면 끝장을 보는 것을 알고 있었기 때문이었다. 또한 다른 여인들과는 달리 두령 신분이었다는 것이 작용을 해 남자들이 있는 곳으로 향했다. 비탈진 길을 더듬어 윗쪽 놀이터가 있는 쪽으로 올라갔다.

한참 숲을 헤치고 위로 올라 가는데 난데없이 호각 소리가 귀를 울렸다.

"어딜 가시오?"

컬컬한 목소리의 젊은 놈팽이가 느닷없이 앞을 가로막

고 나섰다. 두 여인은 무예와 지혜가 출중했지만 몸에 아무런 무기도 지니지 않았고, 치마 바람인 까닭에 어떻게 해 볼 도리가 없었다. 그야말로 불의의 습격이었다.

"……"

두 여인은 아무 말도 못하고 서 있었다.

"꼼짝 말고 내 말만 들으면 무사히 보내주겠다. 그러나 만일 반항하면 내 부하들에게 윤간을 당할 테니 그리 알아라!"

한쪽 입술을 씰룩이며 많이 해본 솜씨로 거침없이 협박했다.

"내 말을 들을텐가? 안 들을텐가?"

두 여인은 야단이 난 걸 알고 주위를 먼저 살폈다. 두 여인은 눈이 동그래졌다.

이미 도망은 물 건너 갔다. 어느 틈에 나타났는지 몽둥이를 쥐고 눈을 부라리는 사내들이 빙 둘러 싸고 있었기 때문이었다.

"빨리 대답하지 못하겠어?"

"……"

두 여인이 아무런 대답도 하지 못하고 눈치만 살피고 서 있자, 칼을 든 자가 결심한 듯 휘파람을 불었다.

두 여인이 피할 틈도 없이 이십여 명쯤 되는 장정들이 일제히 달려들었다. 그들은 날쌔게 여인들의 입에 재갈을 물렸다. 그리고는 각각 열 명씩 달려들어 여인들의 사지를 단단히 붙잡고 산 아래로 번개처럼 뛰기 시작했다.

외설 **임꺽정 (4)**   (전5권)

2021년 3월 10일 인쇄
2021년 3월 15일 발행

지은이 ; 마 성 필
펴낸이 ; 김 용 성
펴낸곳 ; **지성문화사**
등 록 ; 제5-14호 (1976.10.21.)
주 소 ; 서울시 동대문구 신설동 117-8 예일빌딩
전 화 ; 02) 2236-0654
팩 스 ; 02) 2236-0655   2236-2952

정 가   w14.000 원